Naoto & Masaki
「愛情鎖縛」

「ナオが……欲しい。心も身体も、俺はナオのすべてが欲しいけど。でも、それじゃあ、あんまりガッついてるようで、みっともないだろ？　ナオに嫌われたくないんだ。だから、キスだけでいい。キスから、ゆっくり始めような？」

（本文P.28より）

愛情鎖縛

二重螺旋2

吉原理恵子

キャラ文庫

この作品はフィクションです。
実在の人物・団体・事件などにはいっさい関係ありません。

目次

愛情鎖縛

口絵・本文イラスト／円陣闇丸

それは。
ヒリヒリとした**渇き**が身体の最奥を軋《きし》ませるほどに灼《あつ》く、
とろり……と**甘い**、
どうしようもなく淫《みだ》らで凶暴な**衝動**だった。

《＊＊＊甘毒《はいとく》の微熱＊＊＊》

深夜。

いつものように。

キリのいいところで参考書とノートを閉じて、篠宮尚人《しのみやなおと》が長風呂を終えて出てくると。弟の裕太《ゆうた》の部屋からは、いつもと同じように、就寝儀式のための音楽がひっそりと洩《も》れていた。

春の日溜《ひだ》まりのように柔らかで優しい音色のバイオリンと、胸の底まで沁《し》み入るような切ないメロディーとの共鳴。

それは。普段あまり音楽を聴かない尚人でさえ、しばし、足を止めて聴き入ってしまいたくなるほどに心地よく耳に響いた。

変に押しつけがましさのない、それでいて、不思議にすんなりと心を搦《から》め取るそれが、どこの何というアーティストの楽曲なのか……。尚人は知らない。

ただ、静かに耳を傾けていると。『森林の息吹《いぶき》』とか『川のせせらぎ』とか、あるいは『伸びやかな風の情景』みたいなモノが思い浮かんで。束の間、尚人は、身も心も癒されたような気分になるのだった。

それまでの裕太は、グレゴリアン・チャントをベースにした宗教色の強いモノばかりを好んで聴いていた。

まるで寝耳に水のような、父親の不倫騒動。

その父親が自分たちを捨てて家を出ていってしまってからは、日頃のヤンチャぶりが更にエスカレートして、荒れに荒れて手がつけられなくなり。その反動……なのか。今では、不登校の引きこもり状態になってしまった頑なな裕太の心情そのままに、半ば『天の岩戸』と化した部屋のドア越しに垂れ流されるそれは、ある意味、尚人に微弱なストレスを与え続けてもいたのだった。

禁忌を貫き、背徳を戒める——神への賛美歌。

その響きが素朴で美しく、より厳かであればあるほど、尚人の胸は針で突かれたようにチクチクと疼《うず》き渋った。

それを口にすれば、たぶん、兄の雅紀《まさき》は自意識過剰だと鼻先で笑い飛ばすだけだろうが。

それでも。

兄弟相姦《そうかん》——という二重のタブーを犯しているという呵責《かしゃく》に苛《さいな》まれている尚人は、雅紀との淫らな背徳行為を無言で裕太に責められているようで。……たまらなかった。

去年の夏。

突然の兇行《あくむ》から、なし崩しに始まってしまった肉体関係は。当初、裕太にだけは絶対知られたくないという尚人の気持ちを汲《く》んで、雅紀もそれなりに気を遣っていたようだったが。ここに来て、そんな気も失せてしまったのか。尚人を抱くのに、雅紀は時間も場所も選ばなくなってしまった。

メンズ雑誌のグラビアだけではなく、ステージに、CFに。着実にモデルとしての実績を伸ばしてきた雅紀の仕事のスケジュールが、このところ一気に過密になったこともあって。しごく真っ当な学生の本分をこなす尚人との生活間のズレが大きくなり、そんな余裕もなくなってしまった。

——と、いうよりはむしろ。

尚人とのいびつな関係を裕太に知られてしまっても、それはそれでいっこうにかまわない。そんな雅紀の意思の表れであるような気がした。

自分の口からあれこれ吹聴《ふいちょう》する気はないが、かといって、ことさらに隠すつもりもない。実の母親とセックスしていたという事実を裕太にブチ撒《ま》けてしまった以上、あとは、何をやっても同じ。そんな確信犯的な雅紀の居直りが、尚人は何よりも怖い。

タブーの『枷《かせ》』もモラルの『楔《くさび》』も蹴《け》り潰《つぶ》してしまった雅紀の中で、『裕太』という存在が何の歯止めにもならなくなってしまったら。あとはもう、雅紀と尚人の二人で墜《お》ちるところまで堕ちてしまうだけのような気がして……。

それを思うと。尚人の顔からは、うっすら血の気が引いた。

さすがに。昼日中、リビングで堂々と情事に及んだことはないが。朝の挨拶《あいさつ》代わりというようには濃厚すぎるキスを貪《むさぼ》られて足も腰もガクガク……なのは、まだいい方で。休日になると、そのまま一階の部屋のベッドに引き摺《ず》り込まれることも、まま……あった。

嫌なのに。

やめてほしいのに……。

なぜか。雅紀を目の前にすると、どうしても『イヤ』と言えない。

意地も。

プライドも。

なけなしの決心も。

いつのまにか……ズクズクと脆《もろ》く挫《くじ》けてしまう。

違ウッ。

コンナ俺ハ、『俺』ジャナイッ。

自分はもっと、しっかりとした人間だと思っていた。

争い事は好きではないけれど。それでも。嫌なことは『イヤ』だと、はっきり言える人間だと思っていた。

なのに……。

そんな自分が、歯痒《はがゆ》くて。

苛立《いらだ》たしくて……。

情けなくてッ。

——嫌になる。

その繰り返しに、自己嫌悪はますます酷《ひど》くなった。

雅紀の日本人離れした金茶の瞳《め》で見つめられ、しっとりと深みのあるあの声で、

「——ナオ」

名前を呼ばれてしまうと、もう、ダメ……なのだ。

まるで『視線』と『真名』で二重に呪縛《じゅばく》されてしまったかのように、身も心も——ついでに思考までもが金縛る。

そんなとき。

今も、昔も。雅紀が……。雅紀だけが自分にとっては『特別』なのだと、否応なく思い知らされる。

今では、もう、裕太と隣合わせの自室で雅紀に抱かれることも珍しいことではなくなってしまった。

そうやって、ズルズルと。爛《ただ》れた日常に飼い慣らされていく自分が、本当は……一番怖いのかもしれない。

だから。

せめて……。

自室のベッドで雅紀に抱かれるときには。尚人は尚人なりに、必死に声を嚙《か》んで喘《あえ》ぎを殺そうとするのだが。どう足搔《あが》いても無駄なのだと自覚させられるように、手も足もしっかり搦め取られて、雅紀に耳たぶをねっとり舐《な》め上げられると。それだけで、もう……不様にも息が詰まってしまうのだった。

ましてや、

「可愛《かわい》いなぁ、ナオ。キスだけで、もう……乳首が勃《た》ってる。舐めてほしい？　乳首を甘く咬《か》んで吸われるの、ナオ、大好きだもんな。ほら……俺に咬んでほしくて、ナオの乳首、こうやって弄《いじ》ってるだけでどんどん尖《とが》ってくる」

淫らな睦言で羞恥《しゅうち》を煽《あお》られると、先走る身体の淫らさを見せつけられているようで――居たたまれなくなる。

更には、

「でも、その前に、ナオのここも――いっぱい可愛がってやらないとな」

雅紀の指が愉悦の根を探り当てるように股間《こかん》に絡みついてくると、逸《はや》る鼓動までがツクリ……と灼《や》けるのだ。

「だから――ちゃんと、できるだろ？　ん？　……どうした？　もっと足を開かなきゃ、ナオのにさわれない。ナぁオ？　俺の言うこと……聴いてる？」

快楽は。雅紀の眼前に恥部をすべて曝《さら》け出し、その芽をひとつひとつ摘み取るように嬲《なぶ》られて掘り起こされる。

そして。

「気持ちいいだろ？　これを、こうやって弄ってやると……もっと気持ちよくなる」

甘い言葉と、しなやかな長い指でゆるゆると揉《も》みしだかれて硬く凝《しこ》り。

「ほら、身体の奥まで、ジンジン痺《しび》れてくるだろぉ？　ナオの＊＊＊も、凄《すご》く硬い」

卑猥《ひわい》な唇と熱い舌でたっぷり舐めほぐされて、キリキリと尖り。詰めた息にも快感にも、灼《しゃく》熱《ねっ》の芯が通るのだ。

けれども。

そうやって鼓動が早鐘のように胸を叩《たた》いても、頭の芯が痺れるほどに血潮が昂ぶり上がっても。雅紀がそのまますんなり射精させてくれたことなど、ただの一度もなかった。

「ナオ。声を嚙むんじゃない」

根元をきっちり縛めたまま、

「ちゃんと、声――出して」

ねっとりと甘い声で、

「でないと、イかせてやらない」

底意地悪く雅紀は強要する。

尚人が食いしばる嬌声《きょうせい》を。快感を。感じるままに、素直に吐き出すことを。

そうして。雅紀の指を弾《はじ》かんばかりに屹立《きつりつ》した尚人の雄蕊《ゆうずい》が、トロトロと絶え間なく蜜《みつ》を滴らせる頃には。

達《い》きたくてッ。

吐精《イ》かせてもらいたくて……。

ドロドロに煮詰まった痺れの渦に身をよじりながら、噛んでも殺しても、くぐもった甘い嬌声はひっきりなしにこぼれた。

マーチャン、いカセテ。

オ願イ、マーチャン。

モォ……頭ガ変ニナル。

マーチャン、オ願イダカラ、モウ……いカセテッ。

「いい子だ、ナオ。ちゃんと、おねだりもできたしな。ほら……イッていいぞ」

そうやって、雅紀に許されて初めて、淫靡《いんび》な快感は腰骨を呑《の》み込むように熱く灼いて蜜口からほとばしるのだ。

その瞬間の、えも言われぬ解放感と安堵《あんど》感。

頭の中が真っ白になって、弛緩《しかん》する四肢の震え。

そんなふうに。どう足掻いても、結局は、雅紀の意のままに慣らされていくのだと思い知らされる。


裕太ハ眠ッテイルカラ、大丈夫。

マーチャンガ家ニイルトキハ裕太ハ絶対部屋カラ出テコナイカラ、ばれル心配ハナイ。


そんなことは何の気休めにもならない、あきらめの悪い現実逃避でしかないのだろう。

壁一枚挟んだ向こう側で、あれだけ露骨に喘ぎ声を上げているのだ。尚人と雅紀が何をやっているのか……。それに気づかないほど裕太も、お子様ではないだろう。

知っていて、あえて、醜悪な現実を見ないフリをしているのか。

それとも。ケダモノな兄がもう一人増えただけと、軽蔑《けいべつ》しているのか。

あるいは——そんなことを思い煩《わずら》うことさえ虫酸《むしず》が走るのか。

真意の見えない頑なな裕太の沈黙は、ささくれた尚人の自虐を掻き毟《むし》る。そのたびに、膿《う》んだ苛立たしさはジクジクと疼き渋るのだった。

それでも。

わずかに残った『人』としての矜持《きょうじ》さえもかなぐり捨て、裕太の目の前で赤裸々な自分を曝け出して、唯一最後の『枷』が外れてしまうのは——怖かった。

雅紀との爛れた関係が、二人だけの秘密ではなくなっても。裕太が『それ』を口に出さない限りは、とりあえず、仮面の下での日常は取り繕える。

たとえ、それが、薄皮一枚の危ういバランスを保っているだけの『欺瞞《ぎまん》』に過ぎないのだとしても。

あったことを、なかったことにはできないが。片目をつぶり、口をつぐんで今日を無事にやり過ごすことさえできれば、やがて、真実はリアルな妄想に埋没するかもしれない。

そんな、儚《はかな》い夢を見る。

尚人は、忘れられないのだ。

あの日……。

姉の沙也加《さやか》が蒼白な顔つきで、母と兄の穢《けが》れた関係を罵倒《ばとう》したことを。

そして。最後の最後に投げつけた、

「お母さんなんか、死んでしまえばいいのよぉぉッ！」

血を吐くような絶叫が、今でも耳にこびりついて離れない。

もしも。自分が、裕太にそんな罵声を浴びせられたら、どうするだろう。

——と。考えずにはいられないのだ。

見え透いた、嘘《うそ》も。

下手《へた》な言い訳も。

ちゃちなごまかしも……きかない。

そんな強《こわ》くて激しい双眸《め》で見据えられたまま、

「おまえなんか、死んじまえッ！」

おもうさま、罵倒されたなら……。

（そしたら、やっぱり、フラフラと死にたくなるんだろうか）

――母のように？

雅紀は、あくまで、

「あれは自殺ではなく、事故だ」

と、言い張ってはいるが。

もちろん。尚人も、そうであることを願ってはいるけれども。あまりにも突然すぎる母の死は、尚人たちの心に、消すに消せない疑惑と疵《きず》を残してしまった。

だが――たぶん。

尚人は死を選んだりはしないだろう。

たとえ。そうなってもしょうがない……と思えるだけの諸々《もろもろ》の条件が、きっちり揃《そろ》っていたとしてもだ。

その瞬間。目の前が真っ暗になって、呆然《ぼうぜん》絶句で不様に立ち竦《すく》んでしまうかもしれないが。

それでも、尚人は、死にたいとは思わないだろう。

『死んだ方がマシ』

などと平然と口にできるうちは、まだ、生きることに未練があるのだ。

死――は、甘美な安らぎなどではない。

そう……。少なくとも、尚人にとっては。

あの夜。

異性とのノーマルなセックスも経験しないうちに。いや――それどころか、何の覚悟もないままに、いきなり、雅紀の熱い凶器《オス》を後肛《こうこう》にねじ込まれて。尚人の日常《せかい》は――崩壊した。

灼熱の塊で最奥まで貫かれて、悲鳴が凍りつき。

神経が焼き切れるほどに揺さぶられて、血が沸騰し。

脳味噌がグチャグチャになるまで深々と突き上げられて、息も絶え絶えになった。

あれはセックスではなく、ただ、排泄行為を強要するだけの強姦だった。

いたわりも、愛撫《あいぶ》もなかった。ただ闇雲《やみくも》に抉《えぐ》られて引き裂かれるだけの――拷問。

あまりの激痛に、尚人は。あのまま雅紀に貪り尽くされ、身体の芯からふたつに裂かれて死ぬのではないかと――恐怖した。

その瞬間から。

尚人にとって。『死』は、激痛に直結した『恐怖』になった。

禁忌を犯す現実はタイトでヘビーだが、それでも、尚人は死にたいとは思わない。そういうことなのだ。

あのとき……。

どんよりと重い闇《よる》が明けて、うっすらと紗《しゃ》がかかった視界の中で、最初に尚人が見たのは。蒼ざめて言葉もなく、ただ悲痛な眼差しで自分を凝視する雅紀の顔――だった。

それでも。

重い目蓋《まぶた》を無理やりこじ開けた、尚人は。なぜ、雅紀がそんな目で自分を見るのか……わからなかった。

母が亡くなって。その日以来、冷たくて綺麗なだけのガラス玉になってしまった雅紀の双眸《そうぼう》は、尚人を顧みなくなって久しい。

雅紀にとって、自分はもう秘め事の共犯者でもなく。それどころか、何の役にも立たないお荷物でしかないのだと思い知らされて、したたかに打ちのめされた。

父が自分たちを捨てていったときも。

母が逝《い》ってしまったときも。

悲しくて、辛くて……。泣くにも泣けずにただ呆然と立ち竦むばかりだったが。雅紀にも見捨てられてしまったのかと思うと、身体中の骨がギシギシと軋むほどに哀しかった。

声を殺して。

泣いて……。

――嘆いて。

ズキズキと痛む心を引き摺って……。

そのときから尚人は、叶わない夢を見るのはやめたのだ。

なのに。

どうして。

雅紀は、そんな悲痛な顔で自分を見ているのだろう……と。

その理由《わけ》を知りたくて。尚人は、雅紀の名前を口にしようとして身じろいだ。

――とたん。

身体の芯に亀裂が走った。

瞬間……。

まるで、ポッカリと抜け落ちてしまった記憶が、激痛とともに、一気にフラッシュバックした。

なんで、まーちゃんが……。
どうして――俺が？

痛い。

――熱いッ。

イヤだッ、やめてッ！

いたい。

イタイッ。

痛いッ！

やめて。

抜いてッ。

裂けるッ！

熱いッ……痛いッ……怖いッ。

こわい、コワイ……怖い怖い怖い怖い怖い…………。

誰か――助けて…………。

まーちゃん……ヤメテやめてヤメテやめてヤメテやめてヤメテ…………。

その、一気に弾けてしまった記憶のあまりの生々しさに。尚人はパニックになった。

そして。雅紀は、

「や…だ……やめて……来ない…で、さわらないでぇぇッ」

痙《ひきつ》った掠《かす》れ声でわめく尚人をタオルケットで包んで、抱きしめて……離さなかった。
「ナオ、ごめん。悪かった……ゴメンッ」
囁《ささや》く声は苦渋に満ちて。
「ナオ……俺は。俺は……」
今まで一度として聴いたことがないほどに、その口調《こえ》は硬くこわばりついていた。
何度も。
——何度も。
雅紀は尚人の身体の震えが止まるまで、謝罪の言葉を繰り返し囁いた。
『ゴメン』
『俺が悪かった』
『……許してくれ』
——と。
だから。
尚人は。
よけいに心が……痛かった。
泥酔の果ての、雅紀の『特別な誰か』と間違われただけの蛮行。
相手が『その彼女』であったなら……。

いや。少なくとも、『男』の自分でなかったら……。雅紀の激情を受けとめることのできる『女性』であったなら、こうも悲惨な状況にはならなかったに違いない。

それを思うと、無理やりに引き裂かれた身体の疵よりももっと深いところで、ジクジクと血が滴った。

けれども。尚人は、雅紀を恨む気にはなれなかった。

ダッテ、あれハ――事故ダモノ。

雅紀は、酒に呑まれて。

正気をなくして。

自分と誰かを間違えて、羽目を外したセックスをしただけ。

ソレダケノコト……。

そうでなければ。その手の相手には不自由していないだろうあの雅紀が、男の――それも弟相手に勃つわけがない。

たぶん。

酔い潰れた雅紀を部屋に運んで服を脱がしたりしなければ、こんな間違いも起こらなかったに違いない。

だから。

よけいなお節介を焼いた自分が、悪い。……のだろう。


あれハ、事故――ナノダカラ。


尚人はそうやって、必死に自分を納得させようとした。

でなければ、あまりにも自分が惨めすぎて……。

辛すぎて……。

自分の足で立っていられそうになかった。

そして。

ふと、思った。

母が、突然、逝ってしまったとき。強硬に事故だと言い張った雅紀も、やはり、そうだったのだろうかと。

一人取り残される辛さと、どうしようもない喪失感。

それを思うと、尚人は、ますます哀《かな》しくなった。

裂かれる痛みは絶対的な恐怖をともなって、尚人の心と身体に刷り込まれてしまったが。あれは、ただの事故なのだから、だったら――忘れてしまうしかない。

そう――思った。

何もなかったフリをして。

忘れたフリをして。

いつもと同じようにやっていくしかない。


ダッテ、俺ノ居場所ハコノ家ニシカナイノダカラ……。


今は、まだ、雅紀の顔を見ることさえ辛いけど。

雅紀の姿が視界の端をかすめるだけで、あのときの生々しさが不意に甦《よみがえ》って――吐きそうになるけど。

本当は、雅紀のことがちょっとだけ……怖いけど。


――**ショウガナイ。**

幸い……というか。どうせ、雅紀はあまり家には帰ってこないのだし。だったら、その間に、少しは頭も冷めるだろう——と思った。

高校を卒業したら、自分はこの家を出ていくのだ。

そしたら……。いつか、本当に忘れてしまえるだろう。

無理やり、そう思い込もうとした。

なのに。

鎮火したとばかり思っていた背徳の業火は、そんな尚人の短慮を嘲笑《あざわら》うかのように、その足下にねっとりと絡みついてきた。

まるで、尚人の後肛の傷が癒えるのを待ち構えていたように。その日、雅紀が、思わぬキスを仕掛けてきたのだ。

そして。

あまりのことに絶句して、一瞬凍りついてしまった尚人をいとも容易《たやす》く腕の中に抱き込んでしまうと。雅紀は、更にディープなキスを貪り。ショックでろくに息も整わない尚人の髪を撫《な》でながら、

「ナオ。今度はちゃんと、キスから始めような。もう……間違えたりしないから」

艶やかな蠱惑《こわく》の眼差しで、尚人の思考を搦め取った。

思いがけない……というよりは、むしろ。まったく予想もしていなかった雅紀の、あからさまな豹変《ひょうへん》。

何がなんだかわからずに、尚人はただ、呆然と雅紀を凝視したのだった。

始まりは確かに、酔った弾みの不幸な事故《アクシデント》だった。

だが。二度目からは、違う。

明確な意思でもって、雅紀は、尚人に情欲をぶつけてきた。相手がお荷物な弟であっても、性欲の捌《は》け口になるのだと。

そんなのは、イヤだった。

耐えられなかった。

しかし。

「怖がらなくていい。ナオ……」

耳元で囁かれるそれは、冷たく邪険にされる以前のものより、もっと、ずっと穏やかで優しかった。そう……思わずその胸に縋《すが》って、泣きたくなってしまうほどに。

それでも。

「キスしかしないから。それなら、いいだろ？」

貪られるだけのキスは濃厚だった。頭の芯まで痺れるほどに……。

同時に。その生々しさは、尚人が必死に忘れようとした、あの夜の恐怖を思い出させずにはおかなかった。

それを見越しているのか。雅紀は、

「大丈夫。怖くない。ナオを傷つけるようなことなんか、絶対しない。約束する。本当に、キスだけだから」

貫かれる恐怖を思い出して鳥肌を立てている尚人の身体をあやすように抱きしめ、その肌の手触りを確かめるように掌《てのひら》で優しく撫でた。

尚人を怖がらせないためだけの、優しい抱擁《ほうよう》。

そして、柔らかい愛撫。

だが、

「ナオが……欲しい。心も身体も、俺はナオのすべてが欲しいけど。でも、それじゃあ、あんまりガッついてるようで、みっともないだろ？　ナオに嫌われたくないんだ。だから、キスだけでいい。キスから、ゆっくり始めような？」

タチの悪いジョークでも、嘘でもなく。これが、新しい背徳の始まりなのだと宣告するキスは、尚人の口腔《こうこう》を容赦なく蹂躙《じゅうりん》した。

抱きしめて、キス。

逃げを打つ尚人を両の腕《かいな》で包み込むように、あやすように……。

髪に。

……指に。

………首筋に。

『キスから始めよう』

その言葉通り、雅紀は、本当にキスしかしなかった。

しかし。

その反動なのか。唇を重ねるたびに与えられるキスは、いつも濃厚だった。

逃げる尚人の舌を絡め、吸い、浅く深く口角を変えて何度も——好きなだけ貪った。こわばりついた四肢の震えが、いつのまにか、ツクリ……ツクリと、鼓動を蕩《とろ》かす甘い疼きにとって代わるまで。

そして。

雅紀が与えるキスに引き摺られるように、尚人がそれをおとなしく甘受するようになると。

雅紀は、そのキス——いや、その唇で、尚人が知らない快感の根をひとつひとつ掘り起こし、舌と指を添えて丁寧に暴き立てていったのだ。

ただの胸の飾りにしかすぎない男の乳首にも快感は芽吹く——のだと。尚人は、そのとき初めて知った。

初めはただ、触れられることへの抵抗感しかなかったのに。そのうち、雅紀に指で乳首を摘《つ》み取られて舐められると、脇腹にゾクリと甘い疼きが走った。

そして。尖りきった芯を咬んで吸われるたびに、下腹に淫靡な微熱が溜まっていった。

血が昂ぶるにはあまりに稚拙で、もどかしく。だが、あっさり無視してしまうには気になる

――甘い痺れ。

その淡く淫靡な刺激に焦《じ》れて、尚人がもじもじと腰を揺するようになると。雅紀は、形を変えつつあるそれを指で突《つつ》き、喉《のど》で笑った。

「可愛いな、ナオ。乳首を弄られると気持ちよくて、ナオのここも……膨らんでくるんだ？」

言葉で嬲られて、朱が走る。

すると。ますます、鼓動も昂ぶって。それと呼応するかのように、なぜか、股間も痛いほど張り詰めて……。

「なんだ。ほんのちょっと突いただけなのに、一気に元気になっちゃったな」

尚人は羞恥に唇を嚙み締めて項垂《うなだ》れることしかできない。

「でも……俺はうれしいよ。俺のキスで、ナオが感じてくれてるってことだろ？」

雅紀の囁きが甘い。

その囁きが、

「このままじゃあ、キツイだろ？　だから、出してしまおうな、ナオ」

やんわりと耳たぶを食《は》んだとき。その甘さに潜む毒に気づいて、瞬間、尚人はギクリと身体をこわばらせる。

――と。股間に忍び込んできた雅紀の手が、布越しに尚人をやんわり握り込んだ。

その感触に、思わず身じろぐと、

「大丈夫。もっと、気持ちよくなるだけだから」

髪を撫でられて、軽いキスをひとつ落とされた。

「何も怖くない。オナニーだと思えばいいから……。な？」

一度でも頷《うなず》いてしまえば、次からは拒めない。キスひとつで雅紀に懐柔されてしまったように、あとは、なし崩しに堕ちていくだけなのだとわかっていた。

だから。何とか雅紀の手を引き剝《は》がそうとすると、

「ナオは、じっとしてればいい。俺が——ナオを気持ちよくしてやりたいだけだから」

囁きはもっと深く、甘やかになった。

そして。握り込んだ指がやわやわとうごめいたかと思うと、

「ナオ——俺のこと、嫌いじゃないよな？　だったら……いいだろ？」

耳たぶをねぶるようにキスされた。

「ナオにさわっても、いいだろ？」

そうすることで、股間に絡みついた疼きはより刺激的になる。

だが。雅紀は、それ以上のことは何もしなかった。

「ナオが嫌なら、何もしない」

力任せに、強引に押し切る気はないのだと。自分はあくまで、尚人の意思を尊重するつもりだからと。

けれども。

雅紀はそれと同じ口で、こうも言った。

「俺はナオにキスして、ナオにさわりたい。でも、ナオがどうしても嫌だって言うんなら……あきらめる。だって、ナオに嫌われたら……辛いもんな」

とたんに、尚人は不安になった。

もし、このまま雅紀の手を拒んでしまうと、どうなるのだろうか……と。

すると。雅紀は、そんな尚人の動揺を見透かしたように、

「だから、もうナオにはキスもしないし、こんなふうに抱きしめたりもしない。このまま、すぐにこの部屋を出ていって、二度と、ナオには触れない。そうなると、しばらくはナオの顔を見るのも辛くて家にも帰ってこなくなると思うけど……」

――囁いた。

雅紀の愛撫を拒むと、雅紀は家に帰ってこなくなる。

このまま……ずっと?

それを思うと、尚人は、胸の奥をキリでおもうさま突かれたような気がした。

禁忌を犯す罪悪感は根深いものがある。

それでも。一度は失われかけた思慕――雅紀に対する飢渇感の方がはるかに強かった。

否――か。

——諾、か。

その決断を迫られて、尚人は、ぎくしゃくと身体のこわばりを解いた。

何も言わない、消極的な受諾。

「——いい子だ、ナオ」

雅紀は満足げに囁いて耳たぶにキスをすると、

「気持ちよくなろうな、ナオ」

ゆったりとした手つきで尚人の下着をズリ下げ、直《じか》に握り込んできた。

「これからは、ずっと、俺がしてやる。だから、ナオはオナニーなんかしなくていい。わかったな、ナオ？」

そして。力任せの無理強いはしないが、決して『否』とは言わせない雅紀の手練手管にずっぽりハマって、ふと気づいたときには、思ってもみない快感まで自覚させられて。尚人は、どうにも身動きすら取れなくなってしまったのだ。

男の快感は射精することだけがすべてではないと、雅紀に覚え込まされた。その快感の深さを知って……尚人は不様に狼狽《うろた》えた。

雄蕊だけではなく、蜜嚢《みつのう》をやわやわと揉み込まれる——甘酸っぱい痛み。

それでも。足を大きく開かされて双珠《そうじゅ》を食むようにひとつひとつしゃぶられたときには、あまりの恥ずかしさに……泣きたくなった。

ましてや。蜜嚢の裏筋を舌でなぞるようにキスを落とされると、とたんに背筋を灼くような電流が走り、爪先までビリビリと痺れた。

ただ。一度手酷く散らされた後蕾が、尚人のトラウマの元凶であることには変わりなく。雅紀の指を一本呑まされるだけで、いまだに太股《ふともも》が震え痙った。

雅紀の手で、雄蕊をたっぷり念入りに揉みしだかれて吐精させられる恥辱には、快感という淫らな免罪符が付いてきたが。後蕾《そこ》で雅紀とひとつに繋《つな》がる灼けるような痛みと罪悪感は、この先も抜けないだろう。

「ナオが俺のものになってくれないのなら、代わりに、裕太を喰っちまおうか？　どうする、ナオ？　それでも……いい？」

あざとく笑う雅紀の囁きに唇を痙らせて、ぎくしゃくと頭を振ったのは尚人だった。

そのとき。

尚人は。

雅紀に引き摺られるまま、永遠に逃げ場を失ってしまった——のだと、思った。

だが、それは。雅紀に責任を転嫁しただけの、単なる自分の弱さ《ズル》だったのではないかと。尚人は、今になって反芻《はんすう》する。

ヤンチャな裕太は、誰からも愛される存在だった。

父の不倫で家庭が崩壊し、手が付けられなくなるほど荒れまくっても。不登校の引きこもりになっても。それは、変わらなかった。

周囲の誰もが裕太を気遣い、憂い、その手を差し伸べようとする。

選ばれるのは尚人ではなく、いつも、裕太だった。

だから、あのとき。

『尚人か――裕太か』

そう、雅紀が囁いたとき。

男《おとうと》が男《あに》に犯される。そんな二重《ダブル・インモラル》の背徳の汚辱と恐怖を裕太にだけは味わわせたくないッ！

――という悲痛な覚悟の裏には、たぶん、

『まーちゃんだけは、裕太に取られたくないッ』

そういう無自覚の嫉妬《しっと》と打算があったのだろう。

たまたま、自分が先に雅紀とあんなことになってしまっただけで。もしかしたら、雅紀は、母を忘れるための捌け口としての相手なら、尚人ではなく裕太であってもかまわなかったのではないか……と。

ほんの子どもの頃から、尚人にとっては雅紀だけが唯一心の支えだった。だから、裕太にだけは雅紀を取られたくなかった。

今にして思えば。それが尚人の、偽らざる本音だったのだろう。

昔も、今も。尚人が一番怖いのは、雅紀の牡《おす》で身体が軋るほどに深々と貫かれることでも、雅紀との肉体関係を裕太に糾弾《きゅうだん》罵倒されることでもなく。今一度、雅紀に見捨てられてしまうことなのだ。

タブーを犯す前は、ちゃんと、自分の足で立っていられる自信があった。

が——こわばりついた身体の最奥から際限なく快感を引き摺り出されてしまうと、とたんに足下が脆くなった。

それゆえに、尚人は自戒する。

身体は快感に蕩けても、過ぎたる夢《のぞみ》は抱くまい——と。

雅紀は、あの真夏の凶行を、

「デロデロに酔っ払って理性をスッ飛ばしたケダモノの鼻先に、欲しくて、欲しくてたまらなかった御馳走《ごちそう》がブラ下がっていたんだ。だから、夢だと思った。現実で叶わないことでも、夢なら許される。そう思って、夢中でむしゃぶりついて喰っちまったんだよ」

片頬《かたほお》を歪《ゆが》めて、そんなふうに語った。そして、腕の中に尚人を抱き込んで、

「ナオ。おまえはもう、俺のだ。誰にも……やらない」

真摯《しんし》に強い目できっぱりと言い切ると、ねっとり舌を絡めて尚人の唇を貪った。

オマエハ、俺ノモノ……。

その言葉の、痺れるような熱さ。

それが、唯一、自分にだけ向けられたものなら、きっと、歓喜で頭の芯も蕩けてしまうのだろうが。

けれども。

尚人は知っている。

(俺は、まーちゃんのモノだけど。でも——だけど、まーちゃんは……俺一人のモノじゃないんだよね)

独占欲——という、甘い劇薬《どく》。

誰もが雅紀に魅せられて、ただ一人の『特別』になりたいと渇望するが。誰も、雅紀を束縛できない。

雅紀を独占できたのは、唯一、死んだ母親だけ……。

母親の死後、雅紀が、まるで歯止めがなくなってしまったように女性関係が派手になってしまったのも、それだけショックが大きかったということなのだろうと尚人は思った。

さすがに、付き合っている彼女を家に連れ込むようなことはなかったが。それでも、捨てられた女が未練げにしつこく電話をかけてくることもあったし、尚人が知らないところでのトラブルも多々あった——らしい。

仕事絡み……といってしまえば、それまでだが。今でも、雅紀が愛用するコロンとは別の匂いをまとわりつかせて帰ってくることも、別に珍しいことではなかった。

夢でしか許されないことが現実で叶ってしまえば、それで『夢』は終わる。

そしたら、その夢の先は、どうなってしまうのだろう。

その答えを知りたくても、雅紀にそれを聞くのは――怖い。

赤の他人ならば、世間の目も『同性の恋愛』には少しは寛容になれるのかもしれないが。兄弟相姦という不毛《インモラル》な関係は、誰も許してはくれないだろう。

だから。もし、今からでもセックスをやめて元の兄弟に戻れるのなら、尚人は、そうしたいと思った。

雅紀とのセックスは禁忌が強すぎて、毎日がタイトでヘビーだ。

ましてや。そこに、思ってもみなかった毒のある甘い快楽を自覚すればするほど、尚人の焦りは大きくなった。

快楽の『猛毒』が膿んでしまわないうちに。なんとか……。

だが。必死の思いでそれを口にすると、雅紀の顔からスッと血の気が引いた。

そして。

「今更、何を言ってンのかな、ナオは。もし、本気でそれを言ってるのなら、俺も……マジで怒るぞ」

冷静にマジギレしてしまったらしい雅紀に。声が掠れて痙るほどきつく双珠を揉みしだかれて、泣き。

　歯形が残るほどきつく乳首を咬まれ、追い上げられて、

「あぁ……。ちょっと、甘やかしすぎちゃったか？　だから、そんなワガママなこと言ってんのか？　だったら——少し、お仕置きだな」

　精液の最後の一滴まで絞り取られるように何度も強制的に吐精させられて、鳴き。

　最後の最後。

　硬く怒張した雅紀の牡で深々と串刺しにされ、

「ナオは、誰のだったたっけ？」

「うぅぅッ……ま…ゃん……の……」

　おもうさま突き上げられて。

　——揺さぶられて。

　——掻き回されて。

「聞こえないよ、ナオ」

「ひッ…あっ……あっ……。んッ…グッ……ゃんの——まっ……ゃんのッ」

「聞こえないって……言ってるだろぉ？」

「まぁ…ちゃん……の…ッ。ん…あぁぁッ……まっ…まぁちゃんのッ」

　終わらない熱い痛みに、脳髄まで抉られるような恐怖すら覚え。

「だったら——二度と言わないよな、ナオ？　ナオは俺のなんだから。そうだろ？」

「——いわ……な、いぃぃッ……。いわな…いっか、ら……くぅぅ……。ま…ちゃ…ん……まぁちゃ…ん……もっ、や…めてぇ………」

二度とそんなことは口にしないと何度も誓わされて——哭《な》いた。

そのときまで、尚人は。最初の強姦は別にして、甘い痛みしか知らなかった。

雅紀が与える甘美な睦言と覚え込まされた快感があまりにも深くて、強姦の恐怖も徐々に薄れていたのかもしれないが。それとはまた別の、マジギレになった雅紀の激しい怒りに触れて、尚人は身体の芯から竦み上がった。

それからだ。尚人に対する、雅紀の締めつけがきつくなったのは。

独占欲という名の、いびつな執着。

身も心も雅紀に縛られていることの痛みと……怖《おそ》れ。

それゆえの、密《ひそ》やかな——安堵感。

沙也加は。母と兄の関係を尚人が知って隠していたことを声高に責め、母を糾弾した同じ口で、

「知ってて、黙って見てただけ……なんて。あんたって……サイテー。あんたが、黙って見てたから……。あんたが、止めなかったから……。あんたが、お兄ちゃんを地獄に叩き落としたのも同然じゃないッ。あんたなんて……いつか絶対、バチがあたるんだからッ」

そんな捨て台詞《ぜりふ》を投げつけた。

その『バチ』とやらが、雅紀に強姦されたことなのか。それとも、やめるにやめられない不毛な肉体関係を引き摺っていることなのか。

いや……。

それよりも、何より。

タブーとモラルを踏みにじって得られる快感が深ければ深いほど、いつか、痛烈なしっぺ返しが来そうで……怖い。

だから。

尚人は。

ベッドの中で雅紀がどんなに甘い睦言を囁いても、自戒することを忘れなかった。

背徳は、毒があるから甘いのだ。

勝手に何かを期待して。

甘い夢を、見て。

それが満たされずに傷つくのが——怖い。

かつての苦い経験とそのときの喪失感の痛みが、尚人の中で根深いトラウマになっている。

一度目は耐えられた。

だが。

二度目は……自信がない。

その思いが、尚人を呪縛する。

何も知らなかった子どもの頃のように、雅紀に甘えて癒される……。

そんな心の芯がボロボロに挫けてしまうような甘い『夢』は、二度と見ない——と。

《＊＊＊招かれざる訪問者＊＊＊》

その日の放課後。

週一で開かれている学年《クラス》代表委員会は予定時間を大幅にオーバーして終了した。

そのせいか。多目的ホールから出てくる者たちは一様に疲れきった顔つきで、心なしか、足取りも重い。

尚人《なおと》は一年のときにクラスメイトだった二組の中野《なかの》と八組の山下《やました》と連れ立って、そのまま、西門の駐輪場へと向かった。

いつもは下校時間になるとごった返す駐輪場も、さすがに、この時間帯ではひっそりと静まり返っている。そのせいか、

「ホント、葛城《かつらぎ》の石頭にはまいっちゃうよなぁ」

中野のボヤキも、ついつい大きくなりがちだ。

つられて山下も、

「…つーか、ほら、あいつ、十組の島崎《しまざき》とは犬猿の仲……らしいし」

どっぷりとため息をもらす。

「だからって、さぁ。なんでもかんでも、反対すりゃあいいってモンじゃねーだろ？　なぁ、

篠宮《しのみや》？」

「それは、まぁ、そうなんだけど。葛城にしてみれば、執行部から頭ごなしに押しつけられて、そのままなし崩しにズルズル…ってのが嫌なんじゃない？」

納得できないことにはきちんと主張しなければ、クラス代表の意味がない。

葛城の言い分もわかるのだが。それにしても、まいった……というのが、尚人たちの正直な気持ちでもある。

弁舌の立つ者同士が理路整然とした口調で一歩も引かない対立の構図——というのは、見ているだけで疲れる。うっかり割って入ろうものなら、双方から睨《にら》まれそうで……。

結局。各クラスが月替わりの持ち回りで議長を務めることになっているので、その月ごとに議事の進捗《しんちょく》状況も変わってくるのは仕方がないことなのだが。今月担当の議長——六組の芳《は》賀《が》も、最後は処置なしといった感じで、とうとう結論が出ないまま、議題は次回に持ち越されたのである。

「うーん……。俺的には、長いモノにはとっとと巻かれちまった方が楽——だったりするけどなぁ。だって、メンドクセーもん。そのたんびに、いちいちクラスの意見を取りまとめるのって……」

「そうそう。おれンとこなんて、けっこう女子がうるさいし」

「そんなの、瀬川《せがわ》に任せちまえばいいのに。女は女同士……だろ？」

「ダメダメ。あいつに任せると変に口が立ちすぎて、売り言葉に買い言葉の泥沼……。ますます収拾がつかなくなっちまうんだって」

「ハハハ……。ウチの加藤《かとう》とは、まるっきしの正反対だよな。あいつ口が重いから時間ばっかくって、ぜんぜん話が進まねーんだよ」

「とにかく、無責任に言いたいことだけ言って引っ掻《か》き回すのは、やめてくれよぉ…って、感じだよな」

だから、クラスの雑用係のような代表委員なんか誰もやりたがらないのだと。山下は、今更のように口を尖《とが》らせる。

「その点、七組はいいよなぁ。篠宮と桜坂《おうさか》のコンビなんて、最強じゃん」

「……だよな。桜坂がビシバシ睨みをきかせて、篠宮がニッコリ仕切る。七組のアメとムチ……だぜ。誰も文句言わないって」

まんざら冗談とも言えない七組のクラス事情に、『アメ』呼ばわりされた尚人も苦笑を浮かべざるを得ない。

「そういや、俺——いっぺん聞いてみたかったんだけど。桜坂が代表委員に立候補したとはとても思えないし。やっぱ、七組もクジだったりするわけ?」

「うん。まぁ、一応……」

「なんだよ、その『一応』…ってのは」

「あー、おれ、知ってる。ホントは、桜坂の片割れって麻生《あそう》だったんだろ？　だけど、篠宮、麻生に代わってくれって、涙まじりに拝み倒されたんだって？」

そう、なのだ。

役員決めのＬＨＲ《ロングホームルーム》が終わったあと。尚人は、麻生とその友人たちである女子有志にグルリと周りを取り囲まれて、口々に泣きつかれたのだった。桜坂のパートナーに女子の麻生では荷が重すぎるから、代わってくれないか……とか、何とか。

それで、どうして、自分に白羽の矢が立つのか。いまいち、よくわからなかった尚人だったが。麻生の顔が露骨に痙《ひきつ》っていたので、嫌とも言えず……。まぁ、尚人だって、ぜひとも広報委員をやりたいわけではなかったし。

もっとも。麻生との交代を桜坂に告げたときには、ジロリと睨まれてしまったが。

もしかして。

……やっぱり。

桜坂も口には出さないだけで、実は密《ひそ》かに『ミス七組』の噂も高い麻生とのツー・ショットを期待していたりしたのだろうか――などと思ったりもしたのだが。さすがに、冗談でも、それを桜坂に問うてみる根性はなかった。

「麻生かぁ……。やっぱ、女子じゃ、あの桜坂の鼻面は取れないわなぁ」

「女子でなくても同じだろ？　何にだって、バランスってモンがあるし。その点、天の配剤っていうか、教師の英断っていうか……七組には篠宮がいてよかったよなぁ」

息もピッタリに頷《うなず》き合う二人を、横目に。当時のクラスメイトの反応も、ほぼそれに近いものがあって。尚人としては、今更のように、

（なんだかなぁ……）

などと、思わずにはいられなかった。

翔南《しょうなん》高校随一の武闘派である桜坂一志《かずし》は、神堂流空手《しんどうりゅう》の有段者である。五歳のときから道場に通っていて、その筋ではかなりな有名人である——らしい。

一八五センチ、七八キロ。鍛え抜かれたしなやかな体躯《たいく》とニコリともしないその不敵な面構えは、新入生のときから変わらず、傍迷惑《はためいわく》な威圧感を存分に垂れ流している。

そのせいで、生徒の間では畏怖《いふ》のこもった眼差しで、

「二年七組の番犬《ケルベロス》」

などと呼ばれている。

が——しかし。

入学時の特進コースへの推薦枠はあってもスポーツ特待制度はない翔南高校にあって、ただの筋肉バカでないのはその学力が示している通りであり、文字通りの文武両道を地で行っているわけで。

『デカイ』

『コワイ』

——でも。周りに流されずに確固たるポリシーを貫き通しているその様は、

『カッコイイ』

などと。さすがに面と向かってミーハーするような度胸と根性のある奴はいないだけで、陰では、異質なその存在感は密かな人気を誇っている。

もっとも。

どこにいても悪目立ちをする桜坂に比べて、体格ではずいぶん劣るが。その桜坂と肩を並べていても不思議に見劣りしない自然体の尚人のコンビはやけに人目を魅《ひ》いて、二年七組のクラス代表の『名前』と『顔』は、二人の知らないところでけっこう派手に売れまくっていたりもするのだった。

その桜坂が、そもそも『ケルベロス』と呼ばれるようになったのは。隔週で行われる全学年の代表委員総会で、嫌味な上級生が尚人を名指しでネチネチいたぶり倒していることにキレた——らしい桜坂が、バシッと一発机をブッ叩《たた》いて、

「いいかげん、ネチネチうるせーんだよ。二年七組のクラス代表は篠宮ひとりだけじゃないんだぜ。文句があるなら、俺にも言えよ。相手になってやるぜ」

地を這《は》うような低音で凄《すご》んだことに端を発していることは、周知の事実である。

学年差を問わず、その存在感で周囲を威嚇しまくっている桜坂が静かに牙《きば》を剝《む》き出しにして

吠《ほ》えた様に、室内は一瞬、声もなく凍りついてしまったのだった。

誰が、最初に言い出したのかは知らないが。

『地獄の番犬《ケルベロス》』

——とは。まさに、ハマりすぎて怖い。

そのときのことを、中野は、

「俺さぁ。あんとき、マジに、ションベンちびりそうだったぜ。やっぱ、桜坂って、ただモンじゃねーよな」

さらりと口にしたが。その目も口調も、少しも笑ってはいなかった。

そんなことがあって。よくも悪くも、『二年七組のケルベロス』の異名が校舎の隅々にまで轟《とど》き渡ってしまったわけだが。

実際のところ。その場に居合わせた者たちの目には、二年七組の……というよりはむしろ、尚人の背後から無言で睨みをきかす『篠宮尚人の番犬』というイメージの刷り込みのほうが強くて。上級生としての面目を蹴《け》り潰《つぶ》されたそいつがめっきりおとなしくなって、それ以降、尚人とは目も合わさなくなったのは当然のこととして。以後、尚人に変なちょっかいをかけようなどとは、誰も思わなくなった。

——というような裏事情があったことを、幸か不幸か、尚人は知らない。

その桜坂は、今日、どうしても外せない用があるとかで委員会を欠席している。

だから、なのかもしれない。葛城と島崎の舌戦の箍《たが》がめいっぱい外れてしまったのは……。

そういう意味でも。確かに、人並み外れた桜坂の存在感は、よくも悪くもたっぷりと重みがあるのだろう。

するとー。山下が、不意に、

「篠宮。おまえさぁ。あんまり派手にカミつくなって、葛城に言っといてくれよ。次もあの調子でやられたんじゃあ、たまんないし」

そんなことを言い出した。

「えぇ…？　なんで、俺？」

「いや、だって、おれたちが言うと変に角が立つじゃん？　その点、篠宮だったら、うまくなだめてくれそうだし」

だから。どうして、そこで自分の名前が出るのだろうと。尚人は、首を傾《かし》げたくなる。

「ダメだって。葛城……ポリシーが絡むと頑固だしさ。傍から下手《へた》にあれこれ口を出すと、変に意固地になって、よけいに収拾がつかなくなっちゃうだけだと思うけど？」

そんなことは、代表委員であれば、皆知っていることだ。

だが。

「大丈夫だってば。ほら、あの桜坂だって、篠宮の言うことだけはちゃんと聴く耳持ってるんだから」

「そ、だな。桜坂に比べりゃ、葛城なんか可愛《かわい》いハムスターってとこ?」

それを聞いて、尚人は、どっぷり深々とため息をもらした。

いったい、どこをどうやったら、そんなふうに見えるのか……尚人にはわからないが。クラスメイトを筆頭に、どうやら周囲の連中は、誰にも懐かない野性の虎の首に唯一『鈴』を付けることができたのは尚人だけ——だと思っているらしい。

買い被《かぶ》りの誤解も、いいとこである。

いや。

それよりも、何より。どうして、そんな根拠もない噂が立つのか……。尚人は不思議でしょうがない。

桜坂が、そんなしおらしいタマでないのは誰が見ても一目瞭然だろうに。火のないところに放火して根も葉もない噂をでっち上げて、いったい、何が面白いのだろうか——と。

けれども。

その根拠のない噂の出所《でどころ》が例の代表委員総会の一件らしいと知ったときには、まさか、噂の尾ヒレがそこまでデカくなっているなどとは思いもしなくて。尚人は、

(……ッあぁぁ……おもいっきり祟《たた》ってるよ。まさか……広瀬《ひろせ》さんたちのリベンジ——とかいうんじゃないよな?)

思わずその場でしゃがみこんで、頭を抱えたくなってしまった。

実際の話。

傍で思っているほど、尚人は桜坂と親しいわけではない。

――と、いうか。尚人に限らず、桜坂には、昼休みにつるんでワイワイやるような友人など一人もいないと言っても過言ではないだろう。

もともと一匹狼《おおかみ》めいたタチの桜坂は、クラスで浮きまくっている無口な『エイリアン』というよりはむしろ、浮ついたところがひとつもない『重鎮』である。

陰で、こっそりミーハーするのならともかく。気安くそばには寄っていけない独特の雰囲気をブチ破ってタメを張ってやろう――などという根性のあるチャレンジャーは、今のところ皆無に等しい。

二年七組のクラス代表委員――という肩書きがなければ。たぶん、尚人も、桜坂を遠巻きに眺めているだけのその他大勢の中の一人にすぎなかっただろう。

今だって、そこそこにタメ口はきくが。極端に言ってしまえば、それは同じ代表委員としてあくまでも必要に迫られてのことであり、学校でもプライベートでも、それ以外に桜坂と尚人がベッタリつるむようなことはない。

それどころか。

正直に言ってしまえば。根本的なところで、尚人は、桜坂が苦手――なのである。

体格がよくて冷然とした落ち着きのある雰囲気が、どうしても雅紀《まさき》のそれと重なってしまうからだ。

別に、それは桜坂に限ったことではなく。雅紀に強姦《ごうかん》されてから、尚人は、しばらくの間、背が高くて体格のいい男に会うと理屈抜きの畏怖を感じて足が竦《すく》んだ。

それはもう、意識下に刷り込まれた、尚人にしかわからない恐怖《トラウマ》みたいなもので。下手をすると吐き気すら込み上げて、自分ではどうしようもなくなってしまう。

今では、それも、少しはマシになったが。それでも。尚人は、いまだに人混みが苦手だったし。桜坂にいきなり背後に立たれたりすると、条件反射のようにギョッと身体がこわばりついてしまうことがある。

そういう苦手意識というものは。普段、いくらうまく隠しているつもりでも、ふとした拍子に顔に……態度に出てしまうものなのだろう。

それが証拠に。会話のきっかけは常に尚人から桜坂への一方通行であり、それに対する返事は簡潔明瞭に返っては来るが。桜坂の方から名指しで尚人に声をかけてくることなど、めったになかった。

それで、どうやったら『桜坂の首に鈴』――なのか。尚人には、よくわからない。

桜坂にしたところで、そういう目で見られるのは心外だろうに……と思う反面。いや、もしかしたら、そういう噂自体、桜坂の耳には入ってない可能性もあることに気づいて、尚人は何やら複雑な気持ちになる。

尚人の思い違いでなければ。よくも悪くも、桜坂は、他人に興味がないように見えた。

価値観が違いすぎるのか。

それとも。ただ単に、人付き合いが面倒くさいだけなのか。

あるいは。同年代の尚人たちがガキすぎて、話し相手としては役不足なのか。

桜坂がその希有な存在感でもって無自覚に見えない壁を作っているのなら、尚人は逆に、意識的に線引きをする。

『あちら』と『こちら』——その境界線。

尚人にとっては、そのボーダーラインが翔南高校での学園生活であった。

だから。

踏み込んでほしくない『領域《こちら》』にはしっかりドアを閉めて、鍵をかける。誰も、入ってこれないように。

そして。そのドアがきっちりロックされていることを確かめて、尚人は『あちら』に戻ってごく普通の高校生の仮面を被るのだ。

付き合いは、広く浅く……。家族のことも含めて、誰にも深く詮索《せんさく》されたくはないから誰とも深く関わろうとはしない。

もちろん。誰とでも気軽に話はするが、放課後につるむような親密な友達はいない。そこらへんは桜坂と同じである。

それでも。

尚人がクラスで孤立も埋没もしないのは、その言動に、たおやかな品格みたいなものを感じさせるからだ。

そういう尚人のキャラクターが桜坂のそれとしっくり嚙《か》み合っているのだとは、尚人自身、思ってもみないのだろうが。クラスメイトに言わせれば、尚人の存在そのものが桜坂の威圧感を中和してくれているような安堵《あんど》感みたいなものがあって。誰もが、半ば無自覚に、二人をワンセットで認識しているのだった。

基本的に、尚人は人を選《え》り好みしない。

ともすれば八方美人になりがちの人当たりのよさは、その容貌《ようぼう》同様に、すっきりと嫌味がないし。チャラチャラと変に浮ついたところもなく。それどころか、有言実行の責任感もある。

更には。押しつけがましさのない口調の柔らかさは、誰の耳にも心地いい。

「山下。桜坂が俺の言うことだけには耳を貸すって……。それって、ちょっと違うと思う」

「へ…？　何が？」

「桜坂の耳は、都合が悪くなると右から左に筒抜《ザル》けになるだけだから」

あっさり、と。そんな冗談めいた言葉が吐けるくらいには、充分に。

「うちのクラスのケルベロス様を調教しようなんて、そんな、恐れ多くて……。いくら俺だって、そんな身の程知らずなマネはできないってば」

すると。一瞬、面食らったようにポカンと口を開けた山下のとなりで、中野がブッと噴き出した。

そして。ひとしきり肩で笑いながら、

「いい……。いいよ、篠宮。おまえがその顔で、そんなすかしたジョークなんて……ケッサクすぎる」

遠慮もなくバシバシと尚人の背中を叩きまくってくれた。

それで、尚人が、

「ちょっと、中野……痛いんだけど」

露骨に顔をしかめると。つられて笑うタイミングをおもいっきり外してしまったらしい山下は、ジャレ合う二人を横目にして、

「そういう冗談を平気で吐ける豪傑は、篠宮だけだって」

どんよりと、もらした。

一方。すっかり笑いのツボにはまってしまったらしい中野は、事のついでとばかりに、

「桜坂の調教なんて……チクショー、俺もいっぺんやってみたいぜぇぇッ」

やたらリキを込めて、そんな野望を吐きまくってくれた。

それでも。山下は今ひとつ納得がいかないのか、

「けど、冗談抜きで、葛城《あいつ》も、篠宮の言うことだったら、聴く耳の余地ありって感じがするん

だけどなぁ……」

あくまで持論にこだわっている。

「まっ、次の会合までに、どっちも頭を冷やしてほしいよな」

もっともな中野の言い分に、尚人も山下も深々と頷いて。それぞれが自分の自転車のキー・ロックを解除し、西門を出た。

――と。

そのとき。

「あのぉ……すみません」

不意に声をかけられ。三人が揃《そろ》って振り向きざま、見知らぬ少女に、

「篠宮……尚人さん。――ですよね？」

尚人だけが、名指しで呼び止められた。

（え…？　――俺？）

内心の驚きを隠せず、尚人は双眸《そうぼう》を見開く。

そんな尚人の脇腹を小突き、

「おい、篠宮。誰？」

中野が囁《ささや》く。

しかし。『誰？』――と言われても。尚人には、いっこうに見覚えがなかった。

「いや……誰って……」

思わず言い淀《よど》む尚人を尻目に、

「あの制服……確か、嶺倉《みねくら》の紫女子《ゆかり》じゃねー？」

山下が、興奮ぎみに言葉尻を跳ね上げる。

とたん。中野までが、

「えッ？　マジぃ？」

身を乗り出す。

だが、

「ゆかり……女子って？」

尚人は、そういう方面にはまるっきり疎《うと》くて。『嶺倉の紫女子』と言われても、まるでピンと来なかった。

中・高・短大の一貫教育で名を馳《は》せる紫女学院は、私立の女子高ではトップクラスのブランド校である。中学からの持ち上がり組《エスカレーター》がほぼ百パーセントということで、高校からの外部受験は毎年一クラス三十人程度の募集しかなく、難関中の難関と言われるほどの狭き門であった。

もっとも。

そんな内部事情より、近隣中学・高校の評価点はもっぱら、有名デザイナー仕様の清楚《せいそ》な制服に憧れる女生徒たちと、

「えぇぇッ、篠宮、知らねーの？　紫女子っていったら、小金持《こがねも》ちのステータスシンボル、私立のエスカレーターのお嬢様学校じゃん」

「おぅ。いくら頭はよくても、面接試験でブスは容赦なく落とされるって言われてるほど美人が揃ってるんで有名なんだぜ」

一部男子学生たちの熱烈な羨望《せんぼう》によって支えられているのだが。

そんな友人たちの明け透けな言い様に、尚人は、

（ちょっと……。いくらなんでも、それはないんじゃないの？）

などと思いつつ。改めてじっくり、少女を見やる。

世間一般の評価基準から言えば、確かに、可愛い……と言えるのだろうが。ほんの物心ついたときから、雅紀や沙也加《さやか》の華やかな美貌《びぼう》をナマで嫌というほど見慣れている尚人の目には、山下や中野のような心のざわめきは少しも湧き上がらなかった。

そんなことより。他校の見知らぬ女生徒がなぜ、自分の名前《フル・ネーム》を知っているのだろうか――という疑問の方が先に立ち、ついつい、

「俺に……何か、用？」

訝《いぶか》しげな視線を投げかけてしまう。

すると。彼女は、瞬きもしない強い目で尚人を見返して、

「あの……ちょっと、いいですか？」

そう言った。

そして。興味津々《しんしん》で二人を見比べている山下と中野を意識したように、二人にチラリと視線を投げかけると、

「できれば、二人だけで、お話し……したいんですけど」

語気を強めた。

暗に、オジャマ虫——と言われたも同然の中野は。他校の女生徒が、わざわざ校門で名指しの待ち伏せと来れば、これはもう、尚人に告《コク》りに来たに違いないとでも思ったのか。大して気分を害したふうもなく、それどころか、

「あ……そっか。そうだよな……。ンじゃ、篠宮、俺たちは先に帰るから」

まるで気合いでも入れるように一発ガツンと尚人の肩を小突いて、素早く耳元で囁いた。

「ガンバって、ゲットしろよ」

「……は?」

何を頑張って、ゲット——なのか。思わず固まってしまった尚人の困惑顔に、

「紫女子のカノジョなんて、サイコーに箔《はく》がつくだろ?」

ニヤリと笑って。中野は、山下とともに自転車に乗って颯爽《さっそう》と去って行った。

え……?

(えええええッ…………)

まさか、そんなことなど、まったく頭の片隅にもなかった尚人は、無責任に煽《あお》るだけ煽って去って行く二人の後ろ姿を半ば呆然《ぼうぜん》と見送る。

そして。

あとに残された尚人と彼女の間には、ぎくしゃくとした気まずい沈黙が落ちた。

（……中野ぉぉぉ。この気まずさを、いったい、俺にどうしろって言うわけ？）

悲しいかな。尚人は今まで、こういうシチュエーションにはとことん縁がなかった。

小学校でも、中学でも。父親の不倫騒動に始まる一連の篠宮家の大スキャンダルは、それこそ公然の秘密も同然であった。

なまじ、近所でも評判の美形の兄妹弟《きょうだい》だと評判も高かったせいか。それまでの羨望は一気に地に落ちて、その反動のように湧き上がる『他人の不幸は蜜《みつ》の味』的な心ない中傷・陰口は、絶えず。巡り巡って尚人の耳に入ってくる類のものは、それこそ氷山の一角であった。

また。下手な同情はかえって傷口を抉《えぐ》るだけだとわかってもいるらしく、表立っては、周囲もある種、腫《は》れ物に触るかのような雰囲気だった。

当然。尚人にしてみれば、初恋だの何だの……そんな甘ったるい夢を見ている暇も心の余裕《ゆとり》もなかったわけで。

それでも。

家庭環境の劣悪さを感じさせない尚人の頑張りに、恋心をくすぐられた女生徒もそれなりにいたのだが。諸々《もろもろ》の状況を考え合わせれば、さすがに、告白する気にはなれなかったというのが当時の現状であった。

(……っと……。やっぱり、そう……なのかな?　いや、だけど、そんなことは……ないんじゃないか?　でも——困ったな。どうしよう……。もう、中野がよけいなこと言うから……)

半信半疑な尚人の鼓動は困惑ぎみに、それでも、一気に逸《はや》る。

そんなとき。後方から、部活を終えたとおぼしき女生徒たちの賑《にぎ》やかな笑い声が響いて。尚人は、ドキリとした。

「えっ……と、あの……ここじゃ、アレだから……場所替えしてもらっても、いいかな?」

何にせよ。ここでこのまま立ち話というのは、非常にマズイように思えたのだ。

すると。彼女もそれに異存はないらしく、コクリと頷いた。

自転車を押して歩く尚人の後ろから、わずかに距離をおいて、紫女学院の制服を着た少女が行く。

それはそれで、かなりの悪目立ちをしている証拠に、二人を追い越していく翔南の女生徒たちは興味深げに振り返っては、何か、ひそひそと囁き合っている。

しかし、尚人は。そんなことはまるで眼中になかった。

それどころか、

(困っちゃうよな。こういう場合、いったい、どうしたらいいんだろう……)

などと。とりとめのないことばかり考えている自分に、ふと、気づいて。まだ告白されると決まっているわけでもないのに、先走って何をやってるんだろうとか思うと、

（バッカじゃないか、俺って……）

内心、どっぷりと、ため息をもらさずにはいられなかった。

そうやって、五分ほど歩いて、ひっそりと静まり返った小さな公園まで来ると。尚人は、自転車を止めて、振り返った。

だが。何をどう切り出そうか……と迷っている尚人を尻目に先に口火を切ったのは、やはり彼女だった。

「わたし、あの……真山瑞希《まやまみずき》と言います」

緊張感が過ぎて……というよりはむしろ、どこか思いつめたような顔つきで、彼女はそう名乗った。

「……真山さん？」

「そうです」

頷く口調にも、何か、重いモノがこもる。

何かよくはわからないが、微《かす》かな違和感を感じつつ、

「…えっ……と。それで……俺に、何の用なのかな？」

尚人がそれを言うと。瑞希は、くっ…と唇を嚙み締め、

「わたしは、真山千里《ちさと》の妹です」

　上目遣いに尚人を睨んだ。

「……え？」

　さすがに、ここまで来ると。尚人も、瑞希が自分に告白しに来たのではないとわかる。

　しかし。『真山』という名前にはまったく心当たりがなく、それはそれで、また別の当惑をも生んだ。

　なのに。瑞希は、よりいっそうの語気を強めて、

「わかってるのに、わからないフリをするのはやめてください。そんなの……卑怯《ひきょう》だと思います」

　尚人を詰《なじ》った。

（何なんだよ、それ……。さっぱり、訳がわかんないってば……）

　いったい、瑞希が何を言いたいのかわからなくて。尚人は、ますます困惑する。

「わたし……お姉ちゃんには、幸せになってもらいたいんです」

　その言葉に弾《はじ》かれて、尚人は双眸を瞠《みは》る。

　そして。唐突に、頭の片隅をよぎったのは……雅紀の顔だった。

（もしかして……）

　もしかしたら、これは。雅紀の派手な女性関係絡みのトバッチリ……だったりするのだろう

か、と。

そうすると、さっきまでの困惑が一気に別の感情にすり替わる。

(なんで、そういうことを……俺に言うわけ?)

それも、校門で待ち伏せまでして——とか、思うと。喉《のど》の奥がザラリと痙るような不快感が込み上げてきた。

雅紀が『どこの誰』と『どんな付き合い方』をしようが、それは雅紀の勝手であって、尚人には何の関係もない。なのに、トラブルの余波は、往々にして尚人まで巻き込んでしまうことがあった。

雅紀の弟——だから。

たったそれだけのことで、知りたくもないことを知らされることの——苦痛。

視野狭窄《きょうさく》症の女たちは自分勝手なことばかり声高に主張して、尚人の迷惑など、誰も考えてはくれない。

まぁ、たいていが雅紀とダメになって、それでたっぷり未練を引き摺《ず》っている女のほうが派手にゴネまくって、何やかやと揉《も》めるわけだが。さすがに、妹まで出張ってくるパターンは初めてだった。

正直に言って。

尚人は。

姉思いの妹がどうの……と呆《あき》れるより、おもいっきり不快だった。

雅紀の存在が、尚人の中で『鬼門』になってしまっている――今。それを唯一忘れることのできる学校生活《こちらがわ》の中へ、まるで、いきなり不意討ちのように土足で上がり込んでこられたような気がして、思わず気色ばむ。

「ウチは両親が早くに亡くなって、お姉ちゃんはずっと、わたしの親代わりだったから……。だから、お姉ちゃんには絶対に、幸せになってほしいんです」

それが――何だというのか？

こんなところで家庭の事情まで持ち出されても、不快に拍車がかかるだけだ。それが、どうしてわからないのだろう。

そういう話は当人同士がカタを付ければいいことであって、妹が横から出しゃばることではない。だから、瑞希が、

「二人が愛し合ってるのなら、それをちゃんと認めてほしいんですッ」

熱く語れば語るほど、尚人の気持ちはますます冷めていくばかりであった。

誰も、雅紀を束縛できない。それを知っていたから……。

が――しかし。

「お母さん以外の人を母親として認めたくないっていうあなたたちの気持ちはわかるけど、お姉ちゃんだって、いまさら無理に母親面する気はないと思うの。もう、四年も別々に暮らして

るわけだし。だったら、もう……いいでしょ？」

尚人の思惑とは微妙にズレていく瑞希の言葉に、尚人は、ふと……自分の思い違いに気づくのだった。

（ちょっと、待て……）

母親面って——何？

四年も別暮らしって……。

（まーちゃんじゃ……ないのか？）

だったら——誰？

真山千里は、いったい……誰と愛しあってるって？

それを思うと。尚人の鼓動は次第に、不穏に昂ぶっていく。

そして。

「あなたたちのお父さん……篠宮さんをわたしたちがもらっても、いいでしょ？」

瑞希が明確な口調でそれを口にしたとき。尚人は、横っ面をおもうさま撲《なぐ》られたような気がして——絶句した。

（お…とう……さん？）

それは、ある意味。雅紀が誰かのモノになるという可能性とは別の、まったく予想のしようもない衝撃であった。

尚人の顔から、うっすら、血の気が引いていく。

（どう…してッ……）

なぜ、今頃になって。こんなふうに、自分たちを捨てていった父の名前《こと》を聞かされなければならないのだろうか、と。

するとー。

瑞希は。

自分の言った言葉が予想外に尚人にショックをもたらしたということが、彼女にとっては、ある程度予想できた結果《こと》だったのか。ここで引き下がったら、わざわざ翔南までやって来て尚人を待ち伏せした意味がない——とでもいうように、

「篠宮さんとわたしたちは、もう、家族なの。ずっと一緒に暮らしてるの」

ことさらに、それを強調した。

そして。自分自身を鼓舞するようにキッと眦《まなじり》を吊《つ》り上げ、

「わたしが紫女学院を受験できたのも、篠宮さんのおかげだし。とっても感謝してるわ。それなのに、肝心の篠宮さんとお姉ちゃんがいまだに結婚できないなんて、そんなの間違ってるでしょう?　お姉ちゃんは、無理に籍を入れなくても今のままで充分幸せだって言うけど……。そんなの嘘《うそ》よ。好きな人とちゃんと結婚して、子どもを産んで……。そうじゃなくちゃ、本当の幸せなんかじゃない」

畳みかけるように、言い放った。

尚人は……。頭の芯がズキズキと疼《うず》き渋るのを感じた。

『真山千里』

今、初めて耳にしたその名前の、何と忌《い》ま忌ましいことか。

優しい母がいて、頼りになる父がいる。

自慢の兄がいて、気は強いが美人の姉がいて。

ヤンチャだが憎めない弟もいる。

そんなありふれた日々の幸せは、今日も、明日も、明後日《あさって》も……変わらずにずっと続いていくものだと、思っていた。あの日、父がすべてを投げ捨てて、愛人のもとに走るまでは。

篠宮《わがや》家の幸せを、奪っていった——女。

家族の絆《きずな》も何もかも、すべてをズタズタに引き裂く元凶になった——父の愛人《オンナ》。

その女の名前が『真山千里』なのだと、尚人は初めて知った。

父が家を出ていった、その日から。家族の間で、父の名前は禁句《タブー》になった。

それでも。

顔も名前も知らない、その愛人《オンナ》より。まるで、ゴミを捨てるようにあっさり自分たちを切り捨てた父に対する憎しみと憤激で、目が眩《くら》みそうだった。

許せない。

——許さない。

だから、ただ憎むことしかできなかった。あの頃は……。

だが。その憎しみも、日々の暮らしに忙殺されて、過去の思い出とともに、いつのまにか薄れていった。

——のだと。尚人は、ずっと、そう思っていた。

けれども。

あの頃は、ただぼんやりとした輪郭しかなかったその愛人の存在が、思いもかけない形で目の前に曝《さら》され。あまつさえ、『真山千里』という確かな名前を持つことで、埋もれたはずの憎悪に新たな火種が点《とも》り、身体の芯からふつふつと怒りが滾《たぎ》り上がるのを尚人は意識した。

(まやま……ちさと)

その名前をギリギリと奥歯で軋《きし》らせて、尚人は、両の指が白じむほどきつく——拳を握り締める。

「お姉ちゃんが篠宮さんと結婚できないのは、あなたたちがお父さんの結婚に反対してるからなんでしょ?」

それは、いったい……何のジョークなのか。

あまりにもブラックすぎて笑えない——どころか。込み上げる不快さと訳のわからない怖気《おぞけ》で眩暈《めまい》がしそうだった。

「でも――もう、いいんじゃないの？　お姉ちゃんは、四年も待ったんだもの。幸せになる権利があると思うわ」

（幸せになる――権利？）

どの口で、それを言うのか。

自分たち家族を奈落の底に叩き落とした張本人《やつら》に、そんな権利はないッ。

それを思うと。尚人は、自分を目の前にして好き勝手に暴言の限りを吐きまくる瑞希すらもが憎くて……たまらなくなった。

憎くて。

――憎くて。

ジクジクと疼き渋る痛みと今にも暴走してしまいそうな怒りを吐き出してしまわなければ、どうにも納まりがつかなかった。

が――しかし。

「幸せになる権利って、何？　自分が幸せになるためなら、他人の幸せをブッ壊してもいいってこと？　愛してれば、何をやっても許されるわけ？　――バカ言ってんなよ」

尚人の口を突いて出たのは、自分でも思いがけないほどの冷え冷えとした言葉の飛礫《つぶて》だった。

人間、渦巻く怒りが凍りついてしまうと、怒鳴ってわめき散らすこともできなくなるのかもしれない。

　すると。瑞希は、カッと双眸を見開いて、

「バカなのは、あなたたちよッ。篠宮さんが自分たちよりお姉ちゃんを選んだのが、許せないだけなんでしょ？　だから、二人の結婚を邪魔してるだけじゃないの。幼稚園児じゃあるまいし、いい年齢《とし》して、自分の父親の幸せを考えてもやれないなんて、サイテーッ」

　吐き捨てた。

『父親が、自分たちよりも他所《よそ》の女を選んだことが許せない』

　その言葉が孕《はら》む真意には決定的な違いはあるが、瑞希の言っていることは、まさに正鵠《せいこく》を射ていた。


家族ヲ捨テテ、不倫ノ相手ヲ選ンダ父親ガ許セナイ。


　その現実《じじつ》が、尚人の心を更に抉った。

　けれども。それはすぐに、瑞希に対する憤激にすり替わった。

「あんた……何、勘違いしてんの？　サイテーの人でなしは、いきなり他人《ひと》の家に土足で上がり込んでメチャメチャに引っ掻き回してくれた、あんたの姉さんだろ？」

　尚人の視線は微塵《みじん》も揺るがずに、瑞希を突き刺す。

「そんな極悪な女と不倫して家族を捨てた奴なんか、とっくに父親じゃないんだよ」

とたん。

「なっ……」

言葉を呑《の》んだ瑞希の顔つきが、見事に一変した。

「ウソよッ！」

「何が？　あんたの姉さんが、俺たちの父親と不倫してた事実《こと》が？　それとも、いい年齢《とし》をして、四人の子持ちのオヤジが若い女にトチ狂って、俺たち家族をゴミかなんかみたいにポイ捨てにしていった現実《こと》がか？」

「お姉…ちゃんが……お姉ちゃんが、不倫……なんて、そんなの、でたらめよッ。変なこと言うと、許さないんだからッ」

わなわなと唇を震わせ、瑞希は尚人を睨めつける。

だが、その目は。いきなり突きつけられた真実の重さにおののいて、半信半疑のまま必死に踏ん張っているようでもあった。

「だったら、あいつらに聞いてみれば？　まっ、どうせ、自分たちの都合の悪いことなんか、何もしゃべらないだろうけど。現に、あんたは、すっかりいいように丸め込まれてるみたいだし？」

何の疑いもなく姉を信じ切っていただろう瑞希の目の前で、真山千里の嘘で固めた仮面を剥ぎとってやるのは。凍りついた怒りに勝る、いびつに歪《ゆが》んだ快感だった。

「あいつと一緒に暮らして、四年？　違うだろ？　あいつが家を出ていったのは俺が小学六年のときだけど？　その前からずっと不倫してたわけだから、もう六、七年くらいは続いてるんじゃない？　あー、そうか……。絶対離婚しないって頑張ってたウチの母親が死んだから、あいつら、いっそサバサバした気分であんたと一緒に暮らしはじめたってことだよな。ンで……何？　俺たちが、あいつらの結婚に反対して、四年間もずっとゴネまくってるって？　バッカじゃないの、あんた。母親が死んだのに、父親は未成年の子どもを捨てて別の女と暮らしてるんだぞ？　普通、そんな非常識なことをやって平然としてる親が、どこにいるよ？　幼稚園児じゃあるまいし、ちょっと考えればおかしいってことくらい、わかんないわけ？」

自分たちが不幸のドン底でもがき苦しんでいるときに、何も知らずに家族ごっこを楽しんでいたに違いない、この幸せそうな少女を傷つけて。

いたぶって……。

おもうさま泣かせてみたかった。

「真山瑞希さん。あんた、さ。ある日突然、父親がよその女と不倫して家を出ていった家族の気持ちって……わかる？　わかるわきゃ、ないよな。俺たちが不幸のドン底を這いずり回っていたとき、あんたは、あいつらと仲良く家族ごっこしてたんだから」

尚人は、容赦なく当て擦《こす》る。

こんなのはただの八つ当たりだと、理性《あたま》ではわかっているのに、ささくれて煮え滾る悪感情に歯止めがきかなかった。

「紫女学院って、私立のお嬢様学校なんだろ？　スゴイよな。俺たちが学校の給食費やら校納金やら……何か月も滞納して惨めな生活してたとき、あんたはウマイ物食って、いい服着て、家でも学校でも何不自由なく、楽しく暮らしてたわけだ」

毎月、判で押したように手渡される——未納通知の封筒。

お金がないことが、恥ずかしかった。

誰もが真新しい制服姿で中学の入学式を迎えたが。尚人は、制服も鞄《かばん》も、近所の卒業生から譲り受けたものだった。伸びてもひとつに括《くく》ってしまえばいい沙也加とは違って、尚人の髪を切るのはいつも雅紀の役目だったし。それがネギ坊主みたいな頭になったからといって、ただの一言の文句も言わなかった。

だが。

陰で、誰も彼もが、そんな惨めな生活を嘲笑《あざわら》っているような気がして……。手渡された未納通知の封筒を握り締める手がヒクヒクと震えた。

母親は身体を壊して、まるで頼りにはならない。その代わりに雅紀がバイトを掛け持ちして頑張っているのを知ってはいても。貧乏なのが、辛かった。

家にお金がないのがわかっているから、沙也加も尚人も、修学旅行には行かなくてもいいとあきらめていた。すると、いつのまにか雅紀がその費用を工面してきてくれて、行けるようになったときには、本当にうれしくて泣けてきた。

きっと、瑞希は。そんな苦しくて辛い思いも、お金の苦労もしたことはないのだろう。それどころか、

「あいつ——俺たちのことがよっぽど嫌いだったんだな。自分の子どもには一円も出さないくせに、不倫相手の妹にはしこたま貢いでたなんて……知らなかったよ」

その現実を突きつけられて、苦汁は歯列を割って口の中にあふれ返った。

「まっ、そんなことは今更どうでもいいけど。でも——人ん家《チ》の幸せブッ壊しといて、自分たちだけが幸せになろうなんて……。そんなの、あんまり虫がよすぎるんじゃないの？　その上、ようやくその頃の痛みも薄れかけた今になって、こんなふうに、見当違いの八つ当たりをされちゃあな。さすがに俺だって、頭ハジケちゃうよ。あんた——いったい、何様のつもりなわけ？」

夫婦は別れてしまえば他人に戻るだけだが。親子は、違う。

血の絆は、断っても切れない。

それすらもが、父親には疎ましかったのだろうか。

自分の子どもよりも、何の血の繋《つな》がりもない赤の他人の妹の方が可愛い。

その事実を否応なく眼前に突きつけられて、尚人は。いったい、どうして父親がそこまで自分たちを憎むのかわからなくて……。今更のように湧き上がる怒りよりも、もっと、ずっと深

いところで何かがシクシクと疼き渋るのを感じた。

何の疑いもなく幸せだと感じていた日常《あのころ》のすべてが、何もかも嘘と欺瞞《ぎまん》に満ちていたのかと思うと、ひどく——哀《かな》しかった。

「あんた……さっき、言ったよな。一緒に暮らしてるのに、まだ籍も入れてないって。俺たちは別に、あいつらが結婚しようがしまいが、そんなの、まったく興味も関心もないけど。いまだに籍も入れてないってことは、あんたの姉さん、もしかして……あいつと結婚して本当の家族になるのがマジに怖いんじゃないの？」

それは、作為の中傷《どく》というよりはむしろ、素朴な疑問に近かった。

もっとも。それを投げかけることで、瑞希がそれをどのように受けとめて歪曲《わいきょく》しようが、尚人には何の興味も呵責《かしゃく》もなかったが。

——いや。

それどころか。

癒えない疵《きず》をおもいっきり掻き毟《むし》ってくれた代償に、いっそのこと、不協和音が弾けてしまえばいいとさえ思った。

「あんたの姉さん、自分がメチャメチャにした俺たちの家族がどんなに悲惨だったか、その目で見てるわけだし。あいつが自分の家族にすっごく冷たい冷血漢だってことも、身に沁《し》みてるんじゃない？　あんたは、今が『とっても幸せ』らしいけど。それは、あんたたちが血の繋がりのない……何のしがらみもない赤の他人だからだよ。他人だったら、別に、何の責任も義務も負わなくていいし。だけど、本当の家族になってしまったら、そんな無責任なことも言ってられなくなるだろ？　あんたの姉さん、あいつと結婚して子どもを産んだら、いつか、自分のやったことがそっくりそのまま自分の身に降りかかってきそうで、怖いんじゃないか？　因果応報って、やつ？」

だから。

尚人は、淡々と毒を垂れ流した。

「ウチの母親は、あいつらのせいで心も身体もブッ壊れて死んじまった。だから、一番上の兄は、俺たち妹弟《きょうだい》を養うために自分の夢も何もかも捨てなくちゃならなかった。そんだけ頑張っても、結局、姉は祖父《じい》さんのところに引き取られていったし。末の弟は、父親に捨てられたショックでいまだに不登校の引きこもりだよ」

それでも。

尚人は。

思わず吐露した家族の内情に、瑞希がヒクリと言葉を呑んで酷《ひど》く傷ついたような顔をしたのが——許せなかった。

（なんで、あんたがそういう顔……するわけ？　他人事みたいな顔して俺たちに同情する資格が、あんたにあるとでも思ってるのかよッ？）

瑞希の今ある『幸せ』は、自分たちの不幸の上に築かれた砂上の楼閣に過ぎないのだと、骨の髄まで思い知ればいいのだと思った。

「あいつらは鼻で笑うかもしれないけど。俺は、人生ってのは、最後はそれなりに、うまく帳尻が合うようになってるんじゃないかって思うよ」

本当に、そうであればいいのに……と思う。

「他人を不幸にしてモギ取った幸せなんて、そんなの、嘘臭いだけのマヤカシだろ？」

でなければ。自分が——自分たちの家族があまりにも惨めで、やりきれなかった。

「だったら。いつか……でっかいバチが当たっても文句言えないよな。まぁ、せいぜい気の済むまで、幸せな家族ゴッコをやってれば？　だけど——忘れるなよ、真山瑞希さん。あんたの幸せな四年間は、俺たち兄弟を踏みつけにしてきた胸クソが悪くなるような四年間だってこと……忘れるな」

時間は、元には戻らないのだ。

リセットできない痛みなら、その万分の一でもいい。瑞希に、自分たちが這いずり回った苦しみを思い知らせてやりたかった。

「あんたはもう、何も知らない赤の他人じゃない。俺たち家族をメチャクチャにした加害者の一人だってこと……忘れるなッ」

それだけ吐き捨てて、尚人は。自転車にまたがると、蒼ざめたままの瑞希を一顧だにせず、その場から走り去った。

§§§§§　　§§§§§　　§§§§§　　§§§§§

瑞希は、ただ呆然と、その場に立ち尽くしていた。

それから、しばらくして。瑞希のもとへ、ゆったりと、一台のオートバイが近づいてきた。

公園はバイクの乗り入れが禁止されていることなど、端《はな》から眼中にもないのだろう。

それでも。頭を金髪に染めた少年は、

「よぉ、瑞希。話は終わったか？」

派手な外見のわりにはずいぶんと優しい口調で、瑞希に声をかけた。

すると。

それまで必死に踏ん張っていたモノが、一気に萎《な》えてしまったのか。瑞希は、

「俊《しゅん》……ちゃん………」

一言もらすと。下唇をきつく嚙み締めたまま、まるで堰《せき》を切ったようにボロボロと涙をこぼした。

とたん。少年は、きつすぎるほどに切れ上がった眦を更に吊り上げた。

「あの野郎が……なんか、くだらねーこと、ほざきやがったのか？」

瑞希は無言のままぎくしゃくと頭を振って、ただ声もなく泣きじゃくる。

（違う、の……。そうじゃ……ない）

胸が詰まって、何も言葉にならないもどかしさ。

痛みはキリキリと、瑞希の心まで抉る。

悪いのは、彼……じゃない。

突然、不意討ちのように彼の前に現れて。無神経にひどく身勝手な言葉を投げつけて、彼の癒えない疵を掻き毟ったのは自分——なのだ。

——いや。

彼と言葉を交わすまで、瑞希は、そんな『疵』があることさえ知らなかった。

何も知らなかった、自分。

今ある幸せに目が眩んで、何も知ろうとはしなかった——自分。

なのに……。

いきなり突きつけられた真実の重さに……身も心も金縛って。瑞希は、謝罪の言葉すら口にできなかった。

そんな不様な自分が……。

恥知らずな自分が、ただ——腹立たしい。

自分の愚かさが、ただただ、悔やまれてならない。

冷え冷えとした静かな口調。だが、それゆえに、彼の激しい怒りが全身からオーラのように揺らめいているようで……。

あの眼差しに射貫かれてしまいそうで——怖かった。

彼の言葉のひとつひとつは、まるで、氷の刃《やいば》のようで。深々と切り裂かれた心が……キリキリと痛かった。

「何があった？　言えよ。あの野郎が、おまえをそんなふうに泣かせてんだろ？　瑞希、言えよ。そしたら、俺がちゃんと、落とし前をつけてやる」

違う。

（そうじゃ……ないのッ）

瑞希はただ、姉の千里に幸せになってもらいたかっただけなのだ。

早くに両親を亡くして、それからずっと自分の親代わりになってくれた千里は、今年、三十歳になる。

だから。

好きな人と結婚して、早く、可愛い赤ちゃんを産んでもらいたかった。そしたら、今度は自分が、その子をおもいっきり可愛がってやるのだと。そう、決めていた。

家族が増える、幸せ。

それを教えてくれたのは、誰でもない。今現在、一緒に暮らしている彼の父親——篠宮慶輔《けいすけ》だった。

なのに……。

(——どうして？)

いったい、どこで間違ってしまったのだろう。

(何が……誰の言ってることが、真実なの？)

それを思うと、もう、どうしていいのかわからなくて。あとから、あとから……込み上げる涙に、胸の痛みが止まらなかった。

自分たちの『幸せ』が誰かを踏みつけにして得た汚いモノだなんて、そんなこと——信じたくないッ。

でも。

もしも。彼の言ったことが、全部本当だったとしたら……。

誰かに『嘘』だと言ってもらいたかった。

けれども。

彼の視線が、言葉が……。眼の奥で、耳の底で、しっかりこびりついたまま離れない。

ましてや。姉に真偽を問い質《ただ》すのは——なおさらに、怖い。

そんなことをすれば、今の自分を取り巻いているモノが何もかも……跡形もなく弾けて消えてしまいそうで。

そしたら、自分は、どうなってしまうのだろう……。

そして。

こんなときになっても、まだ。彼の痛みを思いやって自省することより、自分のことばかりを嘆いている厚顔さに——ふと、気づいて。瑞希は、自分の心の醜さを見せつけられたようで……絶句した。

§§§§　§§§§　§§§§　§§§§

その夜。

尚人は。ベッドに入っても、なかなか寝つけなかった。

昂ぶり上がった激情のままに瑞希を傷つけた後味の悪さが、今頃になってジクジクと疼いた。後悔するくらいなら、初めから、あんなことを言わなければいいのに……。そんな自虐めいた思いに、幾度となく寝返りを打つ。

(このこと……。やっぱり、まーちゃんに言った方がいいのか?)

だが。

(でも……なんて言えばいいんだ?)

雅紀を前にして、どうやって口火を切ればいいのか……。尚人には、わからない。

もう二度と会うこともないだろうし。だったら、わざわざ雅紀の耳に入れて不快な思いをさせることもないのかもしれない。

そう思って、尚人は、タオルケットを頭から引っ被った。

《＊＊＊三竦み＊＊＊》

午後七時半。

いつものように、ベッドに寝そべって本を読んでいると。鍵のかかった部屋のドアをノックする音がした。

続いて、

「裕太《ゆうた》。晩ゴハン、できてるから」

……尚人《なおと》の声。

裕太はドアを睨《にら》んだきり、返事もしない。

それも、いつものことだと割り切っているのか。それっきり何も言わずに、尚人の足音は遠ざかる。

そして。

いつものように。

隣室の部屋のドアが、小さくパタリと閉じた。

これから寝る間際まで、尚人《なおと》は自室に閉じ込もって勉強するのだろう。

(あんな勉強ばっかしして、何がおもしろいんだ?)

裕太は不思議でならない。

放課後に部活動をやっているわけでもなく。毎日、登下校に一時間もかけて家と学校を往復するだけの、まるで判で押したような高校生活のどこが楽しいのだろうかと。

しかも。

裕太の知る限り。高校に入ってから、尚人は一度も学校を休んだことがない。

それこそ。土砂降りの雨だろうが、大雪が降ろうが……だ。

そんな、いくらシャカリキに頑張ったところで、大学に行かせてもらえるかどうかもわからないのに。

まぁ、どうせ、尚人のことだから。せっかく高校に行かせてもらってるんだから、いい成績を取らないと雅紀《まさき》に申し訳ない——とかなんとか、思っているに違いないのだ。

裕太に言わせれば。そんなのは、変に融通のきかない石頭というより、

(相変わらず、イイ子ぶりやがって……)

——なのだった。

それに。

こんなことを口にするのも業腹だが。

雅紀みたいな超絶美形だったら、別に、学歴はなくても食うには困らないだろうが。尚人みたいに勉強するしか取り柄のない地味な奴なんか、どうせ、先は見えているようなものだ。そ

れならもっと、自分の好きなことをやりたいようにやればいいのに……と思う。

（バッカじゃねーの？）

そう、口を尖《とが》らせて。ふと……小さく舌打ちをする。

何の生活能力もない、ただの未成年《ガキ》——しかも、引きこもり歴四年目の自分がそれを言う資格などないことを。

もっとも。裕太なりにそれをきっちりと自覚できるようになったのは、つい最近のことだったりもするが。

（さっさと、メシ食ってしまおう……）

せっかく、尚人が腕にヨリをかけて作った晩飯だから——ではない。

はっきり言って。裕太は、物を食うことにあまり執着がない。

家庭が崩壊してからというもの、何を食っても『美味《おい》しい』という気がしないのだ。そんなものだから、自然と物を食う気がしなくなった。

もしかしたら。滾《たぎ》り上がった憤激のせいで脳味噌のどこかが焼き切れて、ついでに味覚神経までイカレてしまったのかもしれない。

そのせいで、前に一度、栄養失調でブッ倒れて病院に担ぎ込まれてしまった。それが、マズかった。

裕太自身は、別に、食事を抜いて緩やかな死を望んだわけでも。故意に食事を与えられずに虐待されたわけでもないのだが。周囲の大人たちは勝手に勘違いの大騒ぎをして、雅紀と尚人は理不尽に酷《ひど》く責められた——らしい。

——で。さすがに、そのときばかりはマジギレしてしまったらしい雅紀に、

「食う物も食わないでまた病院に担ぎ込まれるようなことになったら、裕太、おまえもう、篠《しの》宮《みや》の家には帰ってこなくていい。堂森《どうもり》か加門《かもん》のジーさんたちの家に行け」

最後通牒《さいごつうちょう》を喰《く》らってしまった。

だから。とりあえず、飯は食うことにした。

雅紀は、

「ふてくされて無駄に時間を喰い潰《つぶ》す気なら、別に、どこにいても同じだろう」

などと、冷然と言い放ったが。

そうじゃない。

裕太は、この家に生まれたのだ。だから、この家にはいっぱい愛着《おもいで》もあれば、それなりの執《しが》着《らみ》もある。

まして。父が、まるでゴミを捨てるようにあっさり、この家に自分たちを捨てていったのだと思うと、意地でもしがみついていたかった。

かといって。尚人と顔を付き合わせて飯を食う気には、どうしてもなれなかった。

雅紀と尚人がセックスしているというおぞましさと生々しさが、頭の縁《へり》にこびりついて離れ

ないからだ。

尚人の顔を見たらムカついて、絶対、殴りたくなる。

それでもって。

事のついでに、何か、あらぬことまで口走ってしまいそうで……。もしかしたら、裕太は、それが一番怖いのかもしれない。

自分だけが、何も知らなかった――という、疎外感。

雅紀だけならまだしも、よりにもよって、尚人にまで裏切られた――という、どうしようもない怒り。

雅紀にも。尚人にも。聞きたいことは山ほどあった。

だが。下手《へた》に弁解がましい言い訳なら、何も聞きたくない。それこそ、耳の穢《けが》れだ。

小学四年生の夏。つい昨日までは不変だとばかり思っていた世界が、足下から一度にひっくり返った。

何を――誰を信じていいのか、わからなかった。

周りの人間が、皆、敵に見えた。

身体の芯を突き上げるモノが息苦しくて、ベッドに入っても眠れなかった。

そのうち、何もかもが、やたら腹立たしくて。

頭の芯から、訳のわからない痛みがガンガン突き上げて。

終《しま》いには——吐き気がしそうだった。

そして、思い知らされた。自分たち子どもには、何も選ぶ権利がないのだと。

だから。誰にも彼にも八つ当たりをして、暴れることしかできなかった。

父がこの家を出ていってから、すべて、メチャクチャになってしまった。


父親《あいつ》ガ、悪イ。

ミンナ、あいつノセイダッ。


そうやって。父親を憎み、呪詛《じゅそ》を吐き出すことだけを覚えた。

少なくても。そうやって誰かを憎んでいられるうちは、たぶん、死にたいとは思わずに済むのだろう。

そう思って。裕太は。死んでしまった母親のことを考える。

母は。父と、その愛人を憎むことに疲れ果てて死んでしまったのだろうか……と。

だから。沙也加《さやか》に雅紀との穢れた関係を知られてしまったとき、母の中で、何かがプッツリ切れてしまったのだろうか……と。

だったら。

もし、その憎むべき相手が死んでしまったとしたら？

その憎しみの渦は、いったい、どうなってしまうのだろう——とも思った。

自然に消滅してしまうのか?

それとも。心の中で膿《う》んで、やがて腐ってしまうのか。

沙也加は、いったい、そのどちらなのだろうと。

雅紀と母の肉体関係を知って、どうやって、自分の気持ちに折り合いをつけたのだろうか……と。

沙也加は、二人の爛《ただ》れた……忌むべき事実を知って篠宮の家を捨てたが。尚人は、残った。

そして。

母が死んでしまった、今。尚人は、雅紀のオンナだ。

雅紀にアレを揉《も》みしだかれて、よがり声を上げ。雅紀のモノを尻《ケツ》の穴に突っ込まれて鳴かされている、メスだ。

沙也加ほど露骨ではないが、雅紀に対する尚人のブラコンぶりも筋金入りだった。だから、オンナの代わりにされても、平気なのか?

——いや。

もしかして……。

雅紀のオンナでいることが、うれしいのか?

(そう——なのか?)

切羽詰まったような掠《かす》れ声で雅紀を呼ぶ尚人の声が——うざい。

行為の最中。雅紀の声はまったく聞こえてこないのに、反《そ》っくり返った嬌声《きょうせい》を上げて雅紀の愛称を口走る尚人の声だけが、耳にこびりついて離れない。

だいたい。外では、うんざりするほどモテまくっているだろうに。よりにもよって、なぜ、あの雅紀が尚人《おとこ》に突っ込みたがるのか——裕太にはまったく理解できない。

いや、わかりたくもない。

わかっているのは。母親とセックスしてケダモノになった雅紀が、次の獲物《あいて》に尚人を選んだという、胸クソが悪くなるような事実だけ。

そうして。

裕太は、ふと——考える。

もしも、沙也加がこの家を出ていかなかったら。雅紀は、尚人ではなく沙也加を選んだのだろうか……と。

(そっちの方が、百万倍マシ)

つい、そんなふうに思って。裕太は、ギョッとする。

(マシ…って、何——が?)

血の繋《つな》がった兄妹弟《きょうだい》でセックスするなんて、そんなことは、絶対に許されることではない。

なのに……。

ふと、頭の縁をかすめていった——何か。
それが、何なのか……思い出せなくて。いや、思い出すのがイヤで、裕太は、ギリと奥歯を嚙《か》み締めて部屋を出ていった。

§§§§§　§§§§§§　§§§§§§　§§§§§

午前一時、少し前。
雅紀が仕事を終えて戻ってくると。当然のことながら、家の明かりはみな落ちていた。
以前は、そういう、うっそりと暗い闇《やみ》が重苦しくて。
苛立《いらだ》たしくて。
吐き気が込み上げるほど嫌いで……。
白々と夜が明けるまで、フラフラと遊び歩いていた。
しかし。
今は、違う。
むしろ。仕事が終われば一分一秒でも早く家に帰りたいと、気持ちが急《せ》く。

その手の遊び仲間から、

「最近、付き合いが悪くなったよな」

――と詰《なじ》られるまでもなく。雅紀自身、

(変われば変わるもんだよなぁ)

苦笑せずにはいられない。

何の迷いもなく、剣道一筋に打ち込んでいられた日々。友人たちと心の底から笑えて、朝練も夜練も苦にならなかった高校時代は、はるかに遠い。

それでも。

うっそりと寒々しい暗がりも、心の支えがあると思うだけで、その体感温度にも大きな差が出てくるものなのだと知った。

それは、母と肉体関係があったときにはまったく感じなかったことだ。

もっとも。

あの頃は……。

日々の生活に忙殺されて、そんなことを考える暇も余裕もなかっただけ――なのかもしれないが。

雅紀は足音を忍ばせ、階段を上がる。

そして。尚人の部屋の前で足を止めると、慣れた手つきでそっとノブを回した。

部屋の中は、豆球の明かりさえない暗闇だったが。雅紀は別に、苦にもならなかった。

そのまま、ゆったりとベッドまで歩み寄り、ベッド・ヘッドのライトを点《つ》ける。

尚人は、寝息も立てずにくったりと眠り込んでいた。

そんな尚人の前髪を指に絡めて何度となくすき上げては、額に軽くキスを落とす。それでも、尚人はわずかに身じろぎもしなかった。

夜がどんなに遅くても、尚人は朝の五時にはきっちり目を覚ます。

高校生になってからは朝の課外授業は必須でもあり、片道四十分の自転車通学で生活のリズムもきっちり徹底しているせいか、尚人の寝つきはすこぶる早く、しかも眠りは深い。

雅紀が覚えている限り。尚人は、昼間はずいぶん聞き分けがよくて手がかからない分、夜は寝つくまで、いつまでもグズるような子どもだった。

独り寝が寂しいのか。毎夜のように枕を持参で雅紀のベッドに潜り込んできては、沙也加に『ズルイッ!』と文句を言われていたのも、今となっては苦笑まじりの、たわいもない思い出話になってしまった。

ここ数年で家庭環境が激変して、尚人の体質もそれなりに変わったのだろう。

中学生になって、家事を一手に引き受ける頃になると。何でもテキパキと要領よくこなさなければならないという思いがよけいに強くなったのか、睡眠時間も減った分、一度寝入ってしまったら滅多なことでは目を覚まさなくなった。

それを知っているから、雅紀もこんなふうに、けっこう好き勝手なことをしていられるわけなのだが。

雅紀が尚人への劣情を自覚し、理性と欲望の狭間で『衝動』と『自制』の葛藤《かっとう》を繰り返していた頃。雅紀は、ときおり。夜の夜中に、尚人の部屋にこっそり忍び入ってはベッドの端で仁王立ち、尚人のあどけない寝顔を食い入るように睨みつけていたことがあった。

あれは……。

暴走する邪な想いをすべてブチ撒《ま》けてしまいたい衝動——だったのか。

それとも。

そんな自分を戒めるための苦行——だったのか。

そのときの心境がいったいどちらだったのか、雅紀は今でもよくわからない。

だが。最後の歯止めが思ってもみない最悪な形で弾《はじ》けてしまった、今。それはそれで、とても遠い過去のことのようにも思えた。

正気であろうが、なかろうが。

一時の気の迷いであろうが、ただの間違いであろうが。

あるいは……どうにも我慢できない切羽詰まった欲望であろうが。

起コッテシマッタコトヲ、ナカッタコトニハデキナイ。

そんな単純明快な現実を受け入れるまでには、骨が軋《きし》むような悔恨も、灼熱《しゃくねつ》の鉛を呑《の》み込むような苦悶《くもん》もあったが。それらをすべて振り切っても雅紀は、尚人が欲しかった。

ただひとつの望みが叶うなら、何を捨ててもいいと思ったのだ。

尚人を離したくないという、たったひとつの、何事にも代えがたい——希求。

そして、今。雅紀は、それを手に入れた。

たとえ、それが人の道に外れた間違った手段であっても。

あるいは。誰を……泣かせることになっても。

誰に恨まれても。

雅紀は、二度とそれを手放す気はなかった。

§§§§§　§§§§§　§§§§§　§§§§§

そのとき、尚人は。

奇妙な息苦しさと、じわじわと微熱が膿んでいくような疼《うず》きを覚えて、どんよりと目を覚ました。

頭の中は半ば朦朧《もうろう》として、視界は銀紗《ぎんしゃ》がかかったように、やけに眩《まぶ》しい。そんな違和感に、のそのそと顔に手を伸ばしかけて——不意に遮《さえぎ》られる。

「——ん…ぁ?」

何が起こったのかわからずに、微《かす》かに呻《うめ》く。

すると。耳元で、

「ナオ……」

名前を囁《ささや》かれて。ハッと、一気に思考がクリアになった。

そして。点けた覚えのないベッド・ライトの中に浮かび上がる顔を見て、

「……まぁ……ちゃん?」

思わず双眸《そうぼう》を見開いて、ごちる。

それが『雅紀兄さん』ではなく『まーちゃん』だったりするところに、真夜中の侵入者に対する純粋な驚愕《きょうがく》がこびりついていた。

「——な…に?」

掠れた尚人の問いかけに、雅紀はいつもの冷然とした顔つきで、

「明日は?　休みか?」

そう、問い返す。

「…あ…した?」

明日は、第二土曜日だ。

県内随一と言われる進学校の翔南《しょうなん》高校では、平日の課外授業のほかに、土曜休日にも四時間の自主的課外授業を実施している。

建て前はあくまで『自主的』だが、実質は年間カリキュラムに組み込まれているので、ほとんど正規の課外授業と同じである。

世間様では『ゆとりの日』でも、翔南では通常の登校日となんら変わりはない。そんな中で、第二土曜だけは貴重な休日だと言えた。

「明日は第二……だから、休み……だけど……」

それが、何? ——と聞こうとして、

「じゃあ、いいな?」

逆に、念を押される。

「え……?」

「俺は日曜から、バリ島だ。一週間」

言いながら、雅紀はさっさと服を脱ぎ捨てる。

「もし、明日も授業《ガッコー》なら、ナオの寝顔だけ拝んでおこうと思ったけど……。休みなら、かまわないだろ? しかも、めったにない連休だしな」

口の端を吊《つ》り上げて、うっすら、雅紀が笑う。その意味を察して、尚人はギクリと息を呑んだ。

そして。ぎくしゃくと身体を起こしかけて、パジャマのボタンがすべて外れていることに気づき、あわてて前を合わせた。

（…なっ…ん、で……）

もしかして、目覚め前の、あの妙なけだるさは——とか思うと、知らずに顔が赤らんで。ついでに、ギュッと膝《ひざ》を擦り合わせた。

——と。最後の一枚をもあっさり取り去った雅紀は、見事に引き締まった裸体を惜しげもなく曝《さら》して、ベッドに乗り上げてきた。

尚人のパジャマに手をかけ、雅紀が、その首筋にひとつキスを落とす。

「一週間分だからな。最後まできっちり、付き合ってくれるよな？」

最後まで、きっちり一週間分……。

それを思うと、知らず尚人の顔もこわばった。

最近では。自分を抱くときには、時も場所も選ばなくなってしまった雅紀だが。それでも。学業に支障が出ないように、雅紀がある程度性欲をセーブしてくれているらしいことは、尚人にもわかってきた。

その分を取り戻そうとでもいうのか。ときおり、雅紀は箍《たが》が外れたように濃厚なセックスを求めてくるときがある。

そういうときの雅紀は——怖い。

いつもは甘い毒のある言葉で尚人を呪縛《じゅばく》する饒舌《じょうぜつ》な唇は、めっきり無口になり。雅紀がただの兄《おとこ》ではなく、情欲を剝《む》き出しにした牡《オトコ》に豹変《ひょうへん》してしまったようで。

いつもは届かないような最奥まで目一杯に、硬くしなったモノで深々と貫かれる恐怖。

息が荒く掠れるほどに、揺すられて。

——掻《か》き回される。

雅紀の熱い塊をピッチリと銜《くわ》え込んだ粘膜《そこ》がヒリつくまで、容赦なく抉《えぐ》られて。

——頭の芯がハレーションを起こす。

何度も射精《イ》かされて。

——堕《お》とされる。

そのうち、息も絶え絶えになった尚人の蜜口《みつぐち》からは吐き出すモノが何もなくなって。代わりに、後孔は雅紀の証《あかし》でいっぱいに満たされる。

そうなると、もう、いつ失神したのか覚えてもいなかった。

汗と精液にまみれた身体を、雅紀がどのようにして清めてくれたのかも記憶にない。

それよりも、何より。翌朝は、マジで——腰が立たなかった。

「でも……あの、俺……明日、図書館に……」

無駄な足掻《あが》きと知りつつ。それでも、ビクビクとそれを口にすると、

「別に、明日でなくてもいいんだろ？　……って、いうか。行きたくても、行けないんじゃないか？　ナオの腰が立たなくなるまで、俺――ヤリ溜《だ》めするつもりだから」

やんわりとした口調で、ピシャリと叩《たた》き落とされた。

その淡々とした声音の低さに、雅紀の機嫌の悪さが透けて見えた気がして。尚人は、内心ヒヤリとする。

メンズ雑誌の『顔』としてばかりでなく、着実にその実績を伸ばしているらしい雅紀だが。家では、仕事の話は一切しない。

だから、尚人は。モデルという業界がどんなものなのか……想像もつかないのだが。一見華やかそうに見える分、表には出ないストレスも相当なものがあるのだろうと思った。

§§§§　　§§§§　　§§§§　　§§§§

尚人の首筋から鎖骨の窪《くぼ》みへと、ひとつ、ふたつ……ゆったりと唇を這《は》わせながら。雅紀は日曜からの一週間を思うと、つい、苦々しくなった。

今回のバリ島での撮影は、

『男のジュエリー・コレクションとリゾート・ファッション』

今、若者の間で人気のある宝飾《ジュエリー》と服飾《ファッション》デザイナーを抱き合わせで取り上げる企画もので。前々から予定されていたことでもあり、雅紀としても、なんら異存はなかったのだが。

間際の打ち合わせになって、半ばスポンサーのゴリ押しとも言える、だまし討ちのような巨乳アイドルとのツー・ショットの絡みがあると知って、雅紀はその場でテーブルを蹴《け》り倒してやりたくなった。

知っていて、どうやら黙っていたらしいマネージャーの市川《いちかわ》は。日頃の雅紀のわがままのツケを、ここで一気に取り戻そうという腹積もりなのか。雅紀が露骨にギロリと睨んでも、顔色ひとつ変えなかった。

何もかもが満ち足りて、篠宮家の長男をソツなくこなしていた頃と違って。わずか十七歳で世間の荒波の洗礼をどっぷり引っ被《かぶ》ってしまった雅紀のポリシーは、

『愚痴と嫌味と陰口は負け犬の遠吠え。幸運を拾うチャンスをただ黙って待っている暇があったら、努力を怠らずに自分を磨き、他人を蹴落としてでも一段先を上れ』

——で、ある。

ゆえに、雅紀は。年齢性別を問わず、

『己を知らないガキ』

『頭の悪いバカ』

『主体性のないグズ』

『自己主張を履き違えているだけのクソ』

　――は嫌いだった。

　しかし。

　物怖《ものお》じしないと言えば聞こえはいいが。変に自信過剰で、初対面でいきなり見事に切れ込んだ胸の谷間を見せつけるかのように身を乗り出し、

「うわぁ……本物の『MASAKI』だぁッ。すっごぉおい。やっぱ生《ナマ》は、メチャクチャ綺麗でカッコイイよねぇ。はぁぁッ、なんか、ドキドキしちゃううう。あたし、本城《ほんじょう》キリカ。よろしく。……で。ねぇ、ねぇ。オンナの子の間じゃあ、その目――魅惑の琥珀《インペリアル・トパーズ》とか呼ばれてるんだけどぉ、本物？　もしかして、カラー・コンタクトとか……そんなんじゃないの？」

　タメ口の馴《な》れ馴れしさで媚《こ》びてくるオンナは、もっと嫌いだった。その上、

「ねぇ、MASAKIぃ。このあと、スタッフが、親睦会《しんぼくかい》を兼ねてゴハンを食べに行こうって、言ってるんだけどぉ。もちろん、MASAKIも来るよね？　ほらぁ、お互いのこと、もっとよく知りたいしぃ？」

　自己チューで、その場の空気が読めずにひとりで勝手に盛り上がる奴は――サイアク。

　そんな雅紀の不機嫌さを察してか。それとも、一部公然と囁かれている女性関係《オンナぐい》の派手な雅

紀を牽制《けんせい》するつもりなのか。業界筋ではその名を知られた大手プロダクションのマネージャーは、やり手らしく、

「世間知らずな面も多々あるとは思いますが、キリカは今、うちの事務所ではイチオシの子なので。MASAKIさん、なにぶんお手柔らかに。よろしくお願いいたします」

如才なく頭を下げてみせたが。その慇懃《いんぎん》無礼さに、雅紀の機嫌は下降する一方だった。

そんなこともあって。雅紀としては、きっぱり厄落としのつもりで尚人の寝顔を拝みに来たのだ。

どんなに疲れていても、尚人の顔を見るとホッと心が和む。

妬《ねた》み、中傷、足の引っ張り合いなど珍しくもないこの業界で、曲がりなりにもここまでやってこれたのは、自分の容姿が最大限に活かせるという一種開き直りにも似た自信があったからだが。それでも、気を張ってばかりいては神経が摩耗する。特に、それなりの忍耐を強いられたあとでは……。

だから。

いつものように。

尚人の髪を撫《な》で、おやすみ代わりのキスをして……。それだけのつもりだったのだが。つい……いたずらが過ぎた。

まさか、乳首を啄《ついば》んだだけで尚人が目を覚ますとは、思わなかったのだ。

しかも。軽く握り込んだだけの尚人のそれは、まるで、愛撫《あいぶ》を待ち兼ねていたようにゆったりと脈動さえして……。雅紀は、自分を抑えきれなくなった。

そもそもの始まりが最悪な強姦《ごうかん》だったせいか。セックスの最中、雅紀は、尚人のトラウマを刺激しないようにかなりのセルフコントロールを科していた。

情欲のままに、がむしゃらに突き上げて掻き回すのは簡単だったが。それをすれば、尚人はセックス恐怖症になってしまうかもしれないかと思うと、どうしても、慎重にならざるを得なかった。

何しろ。初めは後蕾を指で軽くなぞるだけでも、ガチガチに身体を強ばらせた状態で。優しさもいたわりもない強姦の後遺症の深さを目の当たりにして、雅紀は改めて、己への腹立たしさと後悔の念とでギシギシ奥歯を軋らせた。

だから、雅紀は。決して無理な挿入《セックス》はしないと誓ったのだ。

何もかも割り切った付き合いの、言わば後腐れのない性欲の捌《は》け口としてのセックスでは、コンドームをきっちり着けること以外、己を律したことのない雅紀だが。尚人が相手では、こわばりついた身体の震えすらも愛《いと》しくて。

ましてや。自分が与えるキスと愛撫で尚人が淫《みだ》らに蕩《とろ》けていく様を見るのは、それだけでもひどくそそられた。

ほかの誰の手垢《てあか》も付いていない、自分だけの刻印が穿《うが》たれた供物《からだ》。

異性とのノーマルなセックスの快感すら知らないウブな身体《おとうと》を、自分の思い通りに仕込んでみたいという、邪な――欲望。

それは、いびつに歪《ゆが》んだ昏《くら》い執着《よろこび》だった。

先走る情欲を抑えて、淫猥《いんわい》な言葉で尚人の羞恥《しゅうち》心を嬲《なぶ》るのが……いい。支配欲という露悪的な喜悦の一端が満たされるからだ。

「ナオのミルクも、ちゃんと絞り取っておかないとな。さっき、ちょっと乳首にキスしただけで、ナオのここ……すぐに膨《ふく》らんできた」

そう言って、布越しにギュッと握り込むと。案の定、尚人は耳の付け根まで朱に染めて、ぎくしゃくと目を逸《そ》らした。

そんな顔をするからよけいに付け込まれてしまうのだとは、きっと、思ってもみないのだろう。

（ホント、可愛《かわい》いな、おまえは……）

可愛すぎて、つい、苛《いじ》めたくなってしまう。

自分を筆頭に、我の強すぎる妹と自己主張の激しい末っ子に挟まれて。更には、周囲の状況がこれほど激変しても、根本的なところで柔軟な素直さを失わないでいられることは、ある意味、物凄《ものすご》いことではなかろうかと雅紀は思う。

雅紀も。

沙也加も。

裕太も。

家庭崩壊という激流に呑まれて、歪んでしまった。

なのに、尚人だけが歪まない。その、羨望《せんぼう》にも似た――嫉妬《ジェラシー》。

尚人に対する裕太の頑なな態度も本人は自覚していないだけで、多分にその傾向はあったし。

沙也加のそれは、雅紀との絡みもあって、以前からもっと露骨だった。

だから、なのか。尚人を抱くことで雅紀は、思ってもみない嗜虐心《しぎゃくしん》を刺激される自分を自覚していた。

(まぁ……。どうせ、俺は、弟にマジで発情するケダモノ――だしな)

ケダモノは、ケダモノらしくあればいい。なまじ欲をかいて、善良な兄の『顔』を被ろうとするから妙なストレスが溜まって、あんな最悪《バカ》なことをしでかすのだ。

(俺は、二度と間違えない)

それだけが唯一、雅紀の譲れない矜持《きょうじ》になった。

始まりが何であれ。雅紀も尚人も、もう引き返せないのだ。ならば、あとは、尚人の身も心もしっかり腕の中に抱き込んで前へ進むだけだと思った。

身体の下に組み敷いた尚人の裸体は、ほっそりとしなやかだ。その肩口に顔を埋め、

「ナオ。俺の言ったこと、ちゃんと守ってるよな?」

耳たぶをねぶると。尚人は、ヒクリと身体を震わせた。

「――して……な、い」

「してないって……何を？　はっきり言わなくっちゃ、わからないだろ？」

その先を促すように耳たぶを食《は》んで、甘く咬《か》むと。くっと息を噛んで、

「…ォ……オ…ナ、ニ………」

掠れるほど小さな声で、尚人がつぶやく。

雅紀と母親の爛れた関係を知って、それが反面教師になってしまったのか。性的なことには必要以上に自戒の拍車がかかってしまったらしい尚人の身体は、驚くほどに無垢《むく》だった。それを無理やり開かせて、快楽の種子を植えつけたのは……雅紀だ。

そんな尚人に自慰を禁じて、自分の膝の上に乗せて股間《こかん》を曝け出させ。その上で、たっぷり蜜《ミルク》の詰まった蜜嚢《みつのう》を揉み込んで吐精させる行為には、セックスとは違った意味での淫靡《いんび》な快感があった。

尚人が可愛い。

昔から、そうだ。

いつでも、どこでも。何の曇りも迷いもない情愛を込めて、まっすぐに自分を見上げてくる沙也加の勝ち気な黒瞳《こくとう》より。

スネて、甘えて、わがままいっぱい。それでも、真夏のヒマワリのように元気いっぱいで、

誰からも愛されるヤンチャな裕太より。

声をかけると、小犬のように飛んできて。なのに、どこか照れたように、ちょっとはにかんでみせる尚人の笑顔が一番可愛かった。

今では。ほかの誰よりも尚人が——愛しい。

だが。

ただ慈しんで情愛を育《はぐく》むだけでは、足りない。

自分は、母を抱いて、弟を犯したケダモノなのだから。

——だから。

おためごかしの温《ぬる》い『絆《きずな》』なんか、いらない。

欲しいのは。尚人の身体と心を穿つ、自分だけの『刻印《くさび》』なのだ。

舌でゆったりと尚人の唇をなぞりながら、

「だいぶ、溜まってる？　だから、キスだけでナオのここ……こんなになってるのか？」

すでに形を変えて自己主張しはじめた尚人の股間を掌《てのひら》でグリグリ刺激してやると。尚人は、とっさに、

「……んッ……」

息を詰めて首を竦《すく》めた。

「違うよな？　ナオは、俺に舐《な》めてほしくて、膨らませてるんだよな？　ほら……どんどん硬

くなってくる」

言葉で、掌で。甘く――嬲る。

「ナオは、タマを弄《いじ》られながらこれを舐められるのが、一番好きだもんな」

そんなに苛めないで、素直に睦言を囁いてやればいいのに、口をついて出るのは底意地悪い淫猥な言葉だけ。雅紀自身、かなり歪んでいるという自覚がありながら、どうしようもなかった。

「あぁ……。もう、濡《ぬ》れてきた」

唇を噛んで。

目をつぶって……。

尚人は何とか身体をよじってその刺激をやり過ごそうと、必死だ。

無自覚の――痴態。

自分以外、誰も知らない。尚人の、こんな顔は……。

ましてや。

尚人自身。そうやって、今にも泣きそうな顔で抗《あらが》えば抗うほど雅紀の嗜虐心を煽《あお》っているのだとは、気づきもしないのだろう。

「このまま手でするのと、口でするの――どっちが好き?」

そう言いながらトロトロと先走る蜜を指で掬《すく》い取ると。そのまま、やんわりと蜜口をなぞっ

た。その刺激に、尚人は、

「ヒ…あッ……」

ヒクリと身を竦ませる。更に、指の腹で蜜口の割れ目をくすぐるように撫でて、

「その前に、ここを……爪の先でグリグリしてやろうか？」

喉《のど》で笑うと。尚人の腰がビクビクと痙《ひきつ》れたように逃げを打った。

そして、

「好きだろぉ？　ナオ、ここを弄られるのが。オシッコ、漏れちゃうくらいに……気持ちいいんだろ？」

雅紀がそれを口にすると。尚人は、ギュッと唇を噛んで身体をこわばらせてしまった。

この間。

バスルームで。

剝《む》き出しにした蜜口の秘肉が緋色に爆《は》ぜ割れるまで、爪の先で念入りに擦《こす》り上げて刺激してやったとき。尚人は、本気で気をやって、失禁してしまった。

もちろん。雅紀にしてみれば、トイレに行きたいというのを無理やりバスルームに連れ込んでの確信犯だったのだが。さすがに、尚人はショックで羞恥心も灼《や》き切れたらしく、声を殺して泣きじゃくってしまった。

禁忌のかかったセックスは、尚人を強情に縛る。

だから、雅紀は。最後の最後まで、どんなに甘い言葉でも折れない尚人の我を挫《くじ》くために、射精とはまったく質の違う、快感の伴わない排泄行為を強要したのだ。

自分の目の前で、何もかも曝け出させて。

吐き出させて……。

それからじっくり時間をかけて、自分の思い通りに躾《しつけ》ていく。

そんな歪んだ支配欲を自覚はしても、もはや雅紀は、自虐に唇を噛み締めるようなことはなかった。

以後。尚人は、雅紀の思惑通りに、蜜口への刺激にはしごく過敏になってしまった。

そんなものだから。

雅紀は。尚人の聞き分けが悪いときには、蜜口に爪を立ててやんわりとなぞるだけでよかった。それだけで、尚人はヒクリと四肢をこわばらせ、最後にはぎくしゃくと雅紀の言葉を受け入れるからだ。

ドクドクと逸《はや》る尚人の鼓動の荒さが、ダイレクトに伝わってくる。それが無性にいじらしくて、雅紀は、とびきり甘く囁かずにはいられなかった。

「一度、先に出しておこうな、ナオ。このままじゃ、キツイだろ？」

そして。ヒクヒクと痙ったように震える尚人の唇を啄むようにキスを落とすと、はんなりと笑った。

「そのあと、ナオの好きなトコ……いっぱい舐めて、弄ってやる。ミルクタンクが空になるまで、今日はたっぷり……可愛がってやろうな。いっぱい、出していい。俺が、全部……飲んでやるから」

§§§§　§§§§§　§§§§§　§§§§

身体の芯が熱く疼いて……たまらなかった。

ひとつ、ふたつ——と、首筋をやんわりと食まれ。耳たぶをたっぷりねぶられて、雅紀に囁かれると。身体の最奥にジンと熱い痺《しび》れが走った。

雅紀の囁きは、身体を蕩かす甘い毒だった。その毒にたっぷり慣らされて、尚人は、自分がひどく淫乱《いんらん》になったような気分になる。

身体の芯に絡みつく、雅紀の指。

しなやかな長い指に翻弄《ほんろう》されて、どこまでも堕ちていく自分が見える。

雅紀の手淫《しゅいん》を知る、前と——あと。その差は歴然としていた。

前に、一度。微熱が膿んだような股間の疼きがどうにも我慢できなくて、雅紀に禁じられた自慰をしてしまったとき。それなりの射精感はあったが、身体に染みついた蕩けるような灼熱感には遠かった。

尾骨までジンジン痺れるような酩酊《めいてい》感と、上り詰めたあとの——浮游《ふゆう》感。

なのに……。

思ったほどの快感が得られないその落差がもどかしくて、苛立たしかった。

そうして。

もはや。自慰では、身体の芯で凝《しこ》った快感は開花しないのだと知って、尚人は顔がこわばりつく思いがした。

深みのある雅紀の囁きで膿んだ微熱に火種が点《とも》り、その手でおもうさま股間のモノを揉みしだかれてはじめて、快感に熱い芯が通るのだ。

自慰では得られない、淫らな快楽。

だから。

なおハ、俺ニ、シゴイテホシインダロ？

なおハ、弄ラレテ舐メラレルノガ一番好キナンダロ？

そんなふうに囁かれて。尚人は——居たたまれなくなった。

自分の淫らな情欲を雅紀に見透かされたような気がして……。羞恥心に火柱が立ち、泣きたくなった。

なのに。そんな尚人の気持ちとは裏腹に、

「いっぱい出していい。俺が全部……飲んでやるから」

股間をまさぐる雅紀の手淫の熱に煽られて、身体に刷り込まれた快楽だけが先走った。

声を噛んでも、

「…ん……あぁぁ………」

熱い吐息はもれる。

喘《あえ》ぎ声を殺したくても、

「ん、んっ……はっ…はっ…ぁぁぁぁ」

歯列の隙間《すきま》から、淫鳴《こえ》は絶え間なくこぼれ落ちた。

ジン……と疼いて。

とろり——と、熱い。

尾骨を舐めて這い上がる快感は、思考さえも白濁するほどに貪欲だった。

先走りの蜜を舐め取るように、ねっとり雅紀の唇が絡みついてくる。

とたん。

爪先まで——熱く痺れた。

屹立《きつりつ》した雄蕊《ゆうずい》の張ったエラや茎の筋を舌でなぞられると、ヒクヒクと太股《ふともも》が痙れた。

すると。先端の蜜口までもがチリチリと熱く疼いて、尚人は、

「くッ……ううう……」

たまらずに背をしならせた。

とろとろ……と、ひっきりなしに蜜液がこぼれる。

そこを指の腹で何度も擦られると、熟《う》れた秘肉がピリピリと爆ぜ割れるような錯覚さえして。

更には、針の先で突かれたような痛みすら感じ。尚人は、

「やっ…ぁぁッ」

浮いた腰を小刻みに揺すって、掠れた嬌声を上げる。

そうして。無防備に剝き出された裂け目を、尖らせた舌の先でゆるゆるとほじられた——とたん。

「…ひッ…ぁぁぁッ」

身体の最奥から蜜口へと、灼熱の芯が通った。

§§§§§　§§§§§　§§§§§　§§§§§

そのとき。

——裕太は。

暗闇の中。自室と隣室を隔てる壁をきつく睨んだまま、仁王立ちになっていた。

硬く握り込んだ拳は抑えきれない激情にピクピクと震え。噛み締めた唇の端も、吊り上がった眦《まなじり》も、微かに痙っている。

先刻——雅紀が帰宅する、ほんの十分ほど前。寝惚《ねぼ》け眼を擦りつつトイレから戻ってベッドに潜り込んだものの、何やら寝そびれてしまって。ごそごそと寝返りを打っているうちに、隣室で事が始まってしまったのだ。

深夜。

静まり返った沈黙をさざめかせて雅紀の足音が響くと。とたんに、息が詰まった。

その足音が隣室のドアの前で止まり、そのまま、当然のことのように内へと消えてしまうと、ギリギリと奥歯が軋った。

いつの頃からか。雅紀は、尚人を抱くのにまったく遠慮がなくなった——ように思うのは、気のせいではないだろう。

雅紀は。必死に声を噛んで殺す尚人の痴態を暴き、それを裕太に見せつけたがってでもいるかのようだった。

そんなとき、裕太は。湧き上がる吐き気にも似た嫌悪感とは裏腹に、なぜか、猛烈な疎外感を感じて腸《はらわた》が煮えくり返る思いがした。

雅紀は大っ嫌いだが。そんな雅紀に、

『おまえの存在なんか、まったく眼中にない』

みたいな無視のされ方は、尚人の独り善がりなお節介以上に我慢がならなかった。

ケダモノな雅紀《あに》が尚人《おとうと》の身体を裂いて、おもうさま貪《むさぼ》り尽くす——狂夜。

そんな醜悪なモノを見せつけられるのが嫌で。

どうにも、我慢できなくて。

裕太は、尚人が風呂に行く時間に併せて眠るようになった。

そうすれば、聴きたくもない尚人の喘ぎ声を聴かされなくて済むし、くだらないことをあれこれ思い煩うこともない。

——だが。

そうやって、あっさり寝入ってしまえたのも最初のうちだけで。雅紀と尚人の不毛な爛れた関係《セックス》を意識しないようにすればするほど、逆に気になって。そのうち、変に目が冴えて眠れなくなった。

そんな自分が苛立たしくて。

そんな思いをさせる雅紀と尚人が憎らしくて。

頭の芯はいつも、ジクジクと疼き渋った。

いいかげんにしろッ！

隣室のドアを蹴り破って、そう、怒鳴り散らしてやりたかった。

けれども。それをやってしまえば、最後の歯止め《かせ》をブチ壊してしまいそうで……。

そうすると。自分をこの家から追い出したがっているとしか思えない雅紀の思う壺にまんまとハマってしまいそうで、嫌だった。

——かといって。

帰ってきた早々、サカってんじゃねーよッ！

逆巻く憤怒に、目の前の壁をおもいっきり蹴りつけてしまいたい衝動は——止まらない。

が——しかし。

「やっ……ま…ちゃん……あっ…ん……。も……しない…でっ……。んぁぁ……」

初めはポソポソとした尚人の掠れ声が、次第に淫らに艶めいてくると。膨れ上がった激情とは別の何かが、身体の最奥から、ゆるり……と鎌首をもたげはじめる。

「あっ……ん……ぅぅ。…ひっ…ぁぁぁぁッ」

壁の向こうからひっきりなしに聞こえてくる喘鳴《あえぎ》の淫らさに、裕太は——ゴクリと息を呑む。

噛み締めた唇が。

不様なほどに痙る喉が。

——灼けるように熱い。

（…く、しょぉぉぉ……）

その渇きがただの錯覚ではなく。ヒリヒリとした痛みすらともなって、裕太の背骨を容赦なく絞め上げる。

「…いぃぃッ…ぁぁッ…んッ……。ま…ちゃん……も…出、ない……。まぁちゃ…ん……もッ、か…かんべ…んし…て……」

反り返ったような痙った声で何度も雅紀の名前を呼ぶ尚人の嬌声に居たたまれなくなって、裕太はぎくしゃくと後ずさる。

——が。

払っても。

……払っても。

執拗《しつよう》に絡みついてくる淫らなトーンに股間を鷲摑《わしづか》みにされて。

裕太は前屈《まえかが》みになったままベッドの端をつかんでズルズルとへたり込むと、たまらず、右手をパジャマの中に突っ込んだ。

《＊＊＊強　襲＊＊＊》

その夜。

門倉俊介《かどくらしゅんすけ》は。いつものカラオケの駐車場にバイクを止めて、顔馴染《なじ》みの仲間たちと屯《たむろ》っていた。

足下には。散乱するペットボトルと、タバコの吸殻。

特別に何をするわけでも、何がしたいわけでもない。ただ、暇を持て余しているだけ。

そんな——地べたに座り込んで、ときおり訳もなく嬌声《きようせい》を張り上げる茶髪《かれら》集団を遠巻きに眺めてこっそり眉《まゆ》をひそめる者はいても、今どき、わざわざ苦言を呈するようなお節介な大人はいない。

それどころか。道行く者の大半は変に関わり合いになるのを恐れているかのように目を逸《そ》らし、誰もが足早に通り過ぎていく。

『キレると、何をやらかすかわからない少年たち』

そんなふうに見られているのを承知の上で、俊介たちは傍若無人に振る舞う。

十把《じっぱ》ひとからげに『脱落者《おちこぼれ》軍団』呼ばわりされるのはムカつくが。それでも。ある意味。仲間とつるんで開き直ってしまえば何も怖いものはない——という倒錯的な快感があった。

世間が顔をしかめて自分たちを爪弾《つまはじ》きにするのなら、俺たちも同様に、世間《おまえら》を見下してやるのだ——と。

だから。斜に構えて凄《すご》み、肩で風を切る。『力』の論理はしごく単純で、しかも、誰の目にもわかりやすい。

つまりは、弱肉強食の一目瞭然——だった。

その場の気分次第で他人を恫喝《どうかつ》することなど、別に珍しくもなかったし。事のついでに人を殴るのも、いわば、歪《ゆが》んだ自己主張を満足させるためのパフォーマンスにすぎなかった。

もちろん。誰かれ見境なく喧嘩《けんか》を売って歩くのは、ただのバカヤローだ。

カツアゲするにも、苛々《いらいら》した気分を解消するのに他人を小突き回すにも、ちょっとしたコツがある。行き当たりばったりに因縁《いんねん》を吹っかけるよりも、それなりの手順を踏んで獲物《ターゲット》を絞り込んでしまえばめったにドジを踏むこともないし、後腐れもない。

大切なのは、タイミングを間違えずにクールに決めることだ。

世間の『常識』だの『規則《モラル》』だの。そんなものは、クソ食らえだった。

そんなくだらないモノで雁字搦《がんじがら》めにされた臆病《おくびょう》な奴らは、自分がやりたくてもできないことを平然とやってみせる俊介たちのことを『落ちこぼれ』だのなんだの、最低の『クズ』呼ばわりをするが。俊介に言わせれば、それこそ、負け犬の遠吠《とおぼ》えだった。

『勉強ができる』のと『頭がキレる』のとでは、まるで意味が違う。

数学だの、歴史だの……そんな日常の生活に何の役にも立たない知識を詰め込むだけの学校なんか、かったるいだけだ。

親や教師は、人の顔を見れば、

「今どき高校ぐらいは出ていないと、まともな職には就けない」

などと。さも、もっともらしい説教をカマすが。

大学を出ていてもジョーシキのない奴はゴマンといるし。根性と努力でいくら頑張っても、所詮《しょせん》、才能のない奴はそこまで止まりだ。

今の世の中、リストラされて泣きを見るのは大卒も中卒も同じだろう。

人生は、やったモン勝ち――なのである。

たとえ世間様の価値観《ルール》がどうであれ、うだうだ悩むだけで何もしないよりは、やりたいようにやって『子羊の群れ』からドロップアウトしてしまう確信犯の『狼《おおかみ》』の方が数倍カッコイイに決まっている。

――だが。

そんなふうに口ではさも格好のいい台詞《せりふ》を吐きまくっても、それはただ、自分の都合のいいことばかりを並べ立てているだけで。実際にやっていることは、自立もできない、ただの脛《すね》かじりがツルんで互いの傷を自堕落に舐《な》め合っているだけ――なのだとは気づかない。

自分の好き勝手にはならない――と、スネて。

努力もせずに、ヤサグレて。

我慢することもできずにドロップアウトするのは、一番楽な『逃げ』なのだとは気づきもしない。

自省することもなく。

何もかも他人のせいにして。

そうやって自分を正当化することしかできない、未成熟なガキ。

人生の節《ターニングポイント》目でしっかり己を顧みることができる者と、そのままあっさりと流されていく者。

善か、悪か――なのではない。

できるか、できないか。その意識が問題なのだ。

そのボーダーラインこそが『人』としての在り方を問われる重大な境目なのだとは、彼らは思ってもみないのだろう。

楽をして逃げた分は割増し高の利子で膨《ふく》らんだ人生のツケになって、いつかは必ず自分の身に降りかかってくるのだとは、頭の片隅にもないに違いない。

「なぁんか、ヒマだよなぁ」

いいかげん、駄弁《ダベ》るのも疲れた……とでも言いたげに、モトキが言った。

もっとも。『モトキ』というのが姓なのか、下の名前なのか。それとも、偽名なのかもわからない。

俊介たちにとって、名前はただの呼称だ。

たとえ『ポチ』でも『タマ』でも、そいつがそいつであると判別できるのであれば、呼び名は別に何でもかまわなかった。

もともと、深夜のゲームセンターで知り合った仲間だ。こうやって、毎日のようにツルんではいても、お互いどこに住んでいるのかも、昼間は何をやっているのかも……知らない。

そういった意味では、共有する時間以外は、極めて希薄な関係なのかもしれない。

それでも。いつもの場所で顔を合わせてしまえば、それが、唯一の『仲間』なのだった。

「万引きも、ゲームもマンネリだし。カツアゲすんのも飽きちまったしな」

「なら。オンナ、引っかけに行く？」

「ヤだよ。メンドくせー……」

「……つーか、この時間帯じゃ、ロクな女いねーだろ？」

「そうそう。こないだのオンナなんか、ただの汚ギャルだったじゃん。もう、クセーつーか、汚ねーつーか……。あんなのに当たったら、超サイアク」

「俺、どうせなら、キレーでリッチなおねーさんとヤリてぇぇッ」

「ンじゃ、一発、薬《ドラッグ》とかでキメてみる？」

「何？　ツテ……あんの？」

「……つーか。三丁目の『グロス』あたりだったら、ケッコー品数揃《そろ》ってるって、聞いたことがある」

「俺は、パス。前に一回マリファナをやったけど、すげーバッドトリップして、散々だった」

そんな仲間内の会話を聞き流しながら、俊介は缶ビールを一気にあおる。

「よぉ、シュン。なんか面白いこと、ねーの?」

「面白いこと、ねぇ」

俊介は真新しいタバコに火をつけ、軽く一息吸うと、

「じゃ、久々に『狩り』でもやってみるかぁ?」

ニヤリと笑った。

すると。少年たちは、とたんに、目を輝かせて俊介を見やった。

「何、バージン狩り?」

「バァカ。ちげーよ。おぼっちゃま狩り」

「えーッ、オトコかよ?」

「いいじゃん。別に、オトコでも。ゲームなんだし」

「まっ。たまには、ガツンと手応えのあった方がスリルがあって、いいんじゃねー?」

「――で?　獲物は?」

「俺らみたいな落ちこぼれにはとことん縁のない、お勉強大好きィの有名校《エリート》のおぼっちゃま

──なんてのは、どうよ？」

──とたん。いまいち乗り気ではなかったトモヒロが、にんまり、唇の端を吊《つ》り上げた。

「そりゃ、いいや。おもいっきり、楽しめそう」

「……だな。おぼっちゃまクンたちにも、たまには、予期せぬ挫折感《アクシデント》ってやつを、たっぷり味わってもらおうぜ」

ヤスがそう言うと、一斉に下卑た笑いが湧き上がった。

「いいじゃん、いいじゃん。当分、退屈しないですみそう」

「そういうことなら、俄然《がぜん》、やる気が湧いてきたぜ」

「なら、ルールは？　どうする？」

「うーん。あんま細かいのはナシにしてくれよ？　ゲームなんだから、やっぱ、お遊びの余裕も残しとかないと」

「だったら、そう……だな。ターゲットは、自転車で通学してる奴。戦利品は金でも携帯電話《ケータイ》でも好きにまかせるとして。だけど、自転車に貼ってある校名入りのシールとそいつの生徒手帳は必ずブン取って来るってのは、どうよ？　証拠品のアイテムは、その両方揃ってないとボツだ。それでOK？」

「それって……取ってきた証拠品の数で勝負ってことかぁ？」

「それじゃあ、あんまり芸がねーだろ？　だから、ポイント制にしようぜ」

「ポイント制って？」

「だから、つまり、俗に言う『偏差値』の高い高校ほど点数が高いってことだ。ランク一位の学校《やっ》をピンポイントで狙うか。それとも、そこそこのとこの頭数でポイントを稼ぐか……。まっ、いろいろバリエーションがあった方が面白いんじゃねー？」

「やり方は自由？」

「それって、死なない程度にボコにしてもいいってことかよ？」

「ドジ踏まなきゃ、それでいいんじゃねーの？」

先ほどまでの怠惰な雰囲気は微塵《みじん》もない。

新しいゲームに対する興味で、どの目も興奮ぎみに吊り上がっている。

徒党を組んで他人を踏みにじることでしか自己主張できない、精神《こころ》の歪み。

そんな仲間を横目で流し見て、俊介は、うっそりと片頬《かたほお》で笑った。

（頼むぜ。せいぜい、派手にやってくれよ。カムフラージュの獲物が多ければ多いほど、本命の潰《つぶ》し甲斐《がい》があるってモンだぜ）

そして。俊介が何よりも大切に思っている同い年の幼馴染み——真山瑞希《まやまみずき》の顔を思い浮かべて、ふと、眉間《みけん》に深々と縦ジワを刻む。

あの日。

どうしてもと瑞希にせがまれて、俊介は翔南《しょうなん》高校までバイクを飛ばした。

姉の千里《ちさと》の幸せのために、どうしても話をつけなければならない相手がいるのだと。思い詰めたような顔で、瑞希がそう言ったからだ。

その瑞希が、蒼ざめた顔をこわばらせたまま言葉もなく泣きじゃくるのを目の当たりにして。俊介は、そんなふうに瑞希を泣かせた男に対して、猛烈な怒りを覚えた。

俊介の父親は、世間で言うところの一流大学出のエリートサラリーマンだが。俊介に言わせれば、問答無用で自分の意見ばかりを押しつける、ただの横暴なオヤジだった。

その父親に忍従することしか知らない母親はいつも、できのよい兄と妹を引き合いに出して俊介に小言ばかりを言う。

母親がそんなふうだから。兄も妹も、答案用紙に名前さえ書けば誰でも入学できる——と嘲《ちょう》笑《しょう》される私立高校にしか行けなかった俊介のことをバカにしきっている。

そんな家庭内に俊介の居場所はなく。小学生の頃にすでに半グレになった俊介を庇《かば》い、いつも暖かく迎え入れてくれたのは、近所のアパートに住む真山姉妹だけだった。

落ちこぼれのクズ扱いされて、家族にも忌《い》み嫌われる俊介にとって、真山姉妹だけが心の拠《よ》り所だったのだ。

だから。

たとえ、どんな理由があろうと、あんなふうに瑞希を泣かせる奴は許せない。

(野郎……。瑞希を泣かせた落とし前は、三倍返しできっちり払ってもらうからな。覚悟しと

けよ）

俊介は。その唇の端で、物騒なものをギリギリと噛《か》み潰した。

§§§§　§§§§　§§§§　§§§§

「ねぇ、聞いたぁ？　今度は瀧芙《そうぶ》の一年の子がやられちゃったんだって……」

「知ってる。部活帰りだったんでしょ？」

「怖いよねぇ。これで何人目だっけ？」

「わからないけど……。全部引っくるめたら、けっこうな数になるんじゃないの？」

「でも、なんで、狙われるのが自転車通《チャリ》の男子ばっかりなんだろ」

「早く、犯人捕まえてほしいよねぇ……」

このところ、県内の自転車通学の男子生徒ばかりを狙った暴行事件が多発していた。

それも。襲われたのは、公立・私立を問わず、そこそこに名の知れた高校の男子生徒ばかりだった。

中でも。一番の被害を被っているのが、中高一貫教育を謳《うた》い文句にしている私立の昴《すばる》学園で。

ちょうどその頃、当初の下馬評を大きく裏切って、同校の野球部が夏の甲子園出場に向けて地方大会での快進撃を続けていた頃と重なったこともあり。野球部員とは関係のない一般学生が立て続けに襲われたのは、もしかしたら、試合に負けた相手校の腹いせではないのか――などと、ヒステリックに騒ぎ立てる者までいて。痛くもない腹を探られて憤慨する相手校まで巻き込んで、様々な憶測が乱れ飛んでの一大スキャンダルめいた様相になっていた。

尚人《なおと》が通う翔南高校でも、すでに二人が被害にあっている。

そのせいで、どこのクラスでも毎日、その話題で派手に盛り上がっていた。

手口は、いつも同じだった。自転車で走行中、いきなり背後から襲われるのだ。

何か、硬い棒のようなもので殴られて。その衝撃で、自転車ごとひっくり返ったところを駄目押しのように更に蹴《け》りつけられて暴行された。

その際。金品を奪われるかどうかはケース・バイ・ケースだったが。共通しているのは、被害者は皆、まるで戦利品の証《あかし》でもあるかのように必ず生徒手帳を取られていた。

翔南での最初の犠牲者は、塾帰りの三年生だった。

さすがに学校側も事態を重く見て、緊急の全校集会やＰＴＡ会議を開いて注意を促したばかりの三日後。今度は、部活帰りの一年生が襲われた。

県内でも名の通った進学校の男子生徒――それも自転車通学者ばかりを狙った悪質な暴行事件。

襲われたのが下校時の人気のない裏通りや、部活や塾帰りの暗闇時《くらやみどき》ということで、ほかに確かな目撃情報もなく。捜査は難航しているのに被害はまったく収まらないという、言わばお手上げ状態だった。

そんなこともあり。めぼしい犯人像としては。

『受験に失敗した奴の憂《う》さ晴らし』説に。

『入学しても授業についていけずに退学した奴の逆恨み』説。

『出来の悪い落ちこぼれのエリート校狩り』説まで。

ついでに、被害にあった少年たちに対する根も葉もない噂《うわさ》や中傷。

引いては、地域社会まで巻き込んでの様々な憶測までが飛び交って。被害にあった高校はもちろんのこと、いつ何時、事件の火の粉が飛んでくるかもわからないということで、まだ一人の犠牲者も出ていない高校の自転車通学の男子生徒たちまでをも戦々恐々とさせた。

どんなに気をつけていても、背後からいきなり襲ってこられては……どうしようもない。

だからといって。いつ、どこに現れるかわからない犯人が捕まるまで自転車通学を自粛する——というわけにもいかず。

結局のところ、自衛手段としては、

『人通りの少ない裏道を単独で通らない』

『部活を早めに切り上げる』

『塾には私服で通う』

つまりは、そんな程度でしかない。

自分だけは大丈夫——と思ってはいても。そんな保証はどこにもないわけで。彼らの不安はますます増した。

そんなこともあってか。

その日の放課後。

隔週で開かれている学年代表委員総会も、いつになくスムーズに議事は進行し、予定時間内できっちり終了した。

気にしてもしょうがないとは思いつつ、やはり、気は急《せ》くのだろう。西門の駐輪場に向かう自転車通学者たちの足取りは、一様に早い。

そんな中。中野《なかの》がやけに真剣な顔つきで言った。

「篠宮《しのみや》。おまえ、気をつけろよ。一番遠いんだから」

「大丈夫だよ。最近は裏道使わずに、ちゃんと大通りを走ってるから」

「けど……その分、遠回りをして、けっこう時間くってるんだろ?」

「それを言ったら、中野だって同じだろ?」

「俺たちはいいんだよ。けっこう近くまで、ずっと一緒だし。なぁ、山下《やました》?」

「そうそう。だいたい、篠宮ん家《チ》みたいに遠くないし」

「大丈夫だって」

するると、中野は。


「なんなら……。途中まで、桜坂《おうさか》に送ってもらえよ」

そんなことまで言い出して、尚人は一瞬、あんぐりとした。

(急に……何を言い出すんだ、中野ぉ……)

「なぁ、桜坂。いいだろ？　どうせ、帰りは同じ方向なんだし」

(同じって……。そりゃあ、いくらなんでもサバの読みすぎだろ？　大野《おおの》の交差点過ぎたら、まったく別方向だってば)

「ちょっと、中野……」

そんなことは、当然、中野も知っているはずだ。

なのに。山下までもが、

「いいじゃん。そうしてもらえよ」

いつものおちゃらけた雰囲気など微塵《みじん》もなく、

「用心するに越したことないし」

きっぱりと言い切る。

いっそ、いつもの悪ノリのジョークで切り返してくれた方がよっぽどマシ……などと、思わず天を仰ぎたくなってしまう尚人だった。

「そんなこと言ったら、キリないよ。条件はみんな同じだってば」

そうなのだ。

県内で自転車通学をしている男子生徒が、いったいどの程度いるのかは知らないが。襲われる確率から言えば、おみくじで『大凶』を引き当てるようなものだろう。

用心するに越したことはないが、

（あんまり神経質になっても、なぁ）

というのが、尚人の気持ちだった。

「変な話、もしかしたら、桜坂がターゲットにならないって保証はないんだし」

すると。中野と山下は思わず顔を見合わせて、複雑なため息をもらした。

「イヤ……それは、ないんじゃねーの？　暴行魔《あいつら》だって、命は惜しいだろうし。巷《ちまた》じゃいろいろ言われてるけど、俺は、ちゃんと相手を選んでると思うぜ」

瞬間。尚人は冷や汗をかく。

（中野って……たまに、ドキッとするような暴言吐きまくるよなぁ）

桜坂本人を目の前にして、そういう台詞を真顔で吐ける豪傑を、尚人はほかに知らない。

意外な大物か。

はたまた、命知らずのチャレンジャー……か。

それでも、

「だよな。逆ギレした桜坂って、想像しただけで凍りそう……」

ボソリとつぶやく山下の言葉に深々と頷《うなず》きかけて、尚人は、あわてて思い止まる。

ここで尚人まで頷いてしまっては、シャレにならない。

桜坂は相変わらずの無言だが。もしかしなくても、非常にマズイ展開なのではなかろうか
……と。

そんな雰囲気を察したのかどうかは……わからないが。中野と山下のお騒がせコンビは、

「まっ、そういうわけだから」

「ンじゃ。桜坂、まかせたぜ」

（そういうわけって……どういうわけだよ？　ぜんぜん、フォローになってないってば）

などと。思わず突っ込みを入れたくなった尚人とムッツリ黙り込んだままの桜坂を置き去りにして、駐輪場を飛び出していく。

（心配してくれるのは、うれしいんだけど……。はぁぁ……）

その背中をため息まじりに見送って、

（桜坂相手じゃ、笑えないよなぁ）

この後始末をどうすればいいのか——悩む。

が——どうせ、桜坂も軽く流すだけだろうと思い返し。尚人は、

「じゃ、桜坂も気をつけて。また、明日」

ペダルを踏み込んだ。

——と。勢いよく飛び出したものの、最初の信号に引っかかって尚人がブレーキをかけると。

すぐに、桜坂が追いついてきた。

そして。真横に肩を並べるなり、

「付き合い悪いな、篠宮。俺を置き去りにして、一人でさっさか行くなよ」

ボソリともらした。

「——え？」

まさか、桜坂の口から『付き合いが悪い』などという台詞を聞くことになろうとは思わなくて。尚人は、しばし、自分の耳を疑う。

気分はまさに、

(どうしちゃったんだ、桜坂。なんか……悪いモンでも食ったのか？)

——で、ある。

しかも、

「どうせ、途中まで同じ方向なんだ。俺が襲われないように、しっかり、ボディーガードを頼むぜ」

などと言い出された日には……。

瞬間、尚人は。どういう顔をすればいいのかわからずに、絶句する。

もしかして……。

これは、ジョークなのか？

それとも。

先ほどの意趣返し？　――なのか。

どちらにしても。日頃の桜坂が桜坂なものだから、その反動度《インパクト》は桁外《けたはず》れで。尚人は、いつもと変わらない、まったく表情の読めない桜坂の不敵に引き締まった顔をまじまじと凝視する。

すると。チラリと視線を流して、不意に、桜坂が言った。

「……篠宮。青」

「……は？」

間の抜けた声を上げて、尚人がパチクリと瞬きをすると。桜坂は、軽く顎《あご》をしゃくった。

「信号、青になった」

「あ……」

「とっとと行こうぜ」

促されて初めて、いつまでも惚《ほう》けていた自分に気づいて。尚人は赤面する。

それで、あわてて勢いをつけてペダルを踏んだつもりが。なぜか――おもいっきりペダルを踏み外して、

（ゲッ……）

思わず、固まる。

幸い、車体はグラリときただけで転びはしなかったが。

間が悪いというか、何というか……。

(う…わぁぁ……。もしかして、恥の上塗り——だったりして……)

とか、思うと。今度こそ、尚人は耳の付け根まで朱に染めてしまう。

——と。頭の上から、思いがけず、

「なんか……物凄いモン、見てしまったような気がする」

桜坂の声が落ちてきた。

「……え?」

(凄いモンって……なんだ?)

桜坂をして『凄い』と言わしめるもの……。

それが何であるのか気になって、桜坂の表情を窺《うかが》うように上目遣いに視線をやると。なぜか、バッチリ、視線が噛み合ってしまった。

しかも、

「いつも余裕の篠宮が大ボケかまして耳の先まで赤面するとこなんて、初めて見た。もしかして、そっちの方が地……だったりするのか?」

それが、ただの冷やかしというよりはむしろ、単純に驚きのトーンを孕《はら》んでいたもので。

——いや。それが桜坂の口からこぼれたものだと思うと、

（それは、こっちの台詞だって……）

ドキドキと妙に昂ぶり上がった鼓動の先で、何も言えなくなってしまう尚人だった。

駐輪場での中野のよけいな一言が発端になって、どうも、調子がいまいち……どころか、変なふうに噛み合わせまで悪くなってしまったみたいで。いつもとは、勝手まで違う。

束の間、尚人と桜坂の視線が絡み合う。

だが、それも、行き過ぎる車の騒音に途切れて。二人は無言のまま、今更のようにペダルを踏み出した。

結局のところ。

他人には無関心……。たとえ、周囲の見る目と尚人の自覚に大幅な落差《ギャップ》があろうと、自分に対する態度もある程度の距離を保っていた桜坂——だったはずなのに。

それが、また、どういう心境の変化なのか……？

もしかして。中野の『まかせたぜ』発言をきっちり実行しようとでもいうのだろうか。

そんな、

（おい、ちょっと……。マジか？）

わずかに困惑ぎみの尚人と肩を並べるように自転車を走らせてきた桜坂が、

「篠宮。俺、右折《こっち》だから」

いつもの口調でそう切り出したのは。大野の交差点よりもはるかに遠い、谷山《たにやま》市街の外れの四つ角だった。

さすがに、尚人も。

(桜ヶ丘《さくらがおか》まで来ちゃったよ。いいのかな……。…って、いうか。こんな遠回りさせちゃって、やっぱり、マズイだろ?)

いいかげん、どうやって声をかけようか——と多少ヤキモキしていたところだったので。桜坂の方から先に切り出してくれて、かえってホッとした。

「あ……。じゃあ、また明日」

「おう。じゃあ、な」

「ありがとう、桜坂。ずいぶん遠回りさせちゃって……ゴメンな」

すると。桜坂は例によって例のごとく、

「俺はまぁ、役得だったけどな。学校じゃ、めったに見れないような『ボケ倒した篠宮』なんてモンも拝めたし」

ニコリともせずに尚人の醜態を掻《か》き毟《むし》ってくれた。

そうなると、もう、尚人は内心苦笑をもらすしかないのだが。

(ハハハ……。いや……別にいいんだけど。俺だって、桜坂に関しちゃ意外な発見もあったことだし)

その一方で。役得——とはっきり口に出したからには、やはり、中野の発言に何かしらの義務感みたいなものを感じていたのだろうと思うと。何やら申し訳なくて……。

「まっ、気をつけて帰れよ」

「ウン。桜坂もね」

そうして。

尚人も桜坂も。別段、別れの名残《なご》りを惜しむわけでもなく、ほとんど同時にペダルを踏み込んだ。

そうやって。しばらく真っ直ぐ走って、

ふと、思い出す。

(あぁ……そういえば、洗剤が切れかけてたんだった)

(この先にスーパー……あったよな。ついでに、パンと牛乳も買っとこう)

そのくらいだったら、金の持ち合わせもある。食料品の買い出しは、また別の日に改めて行けばいいし。

そんなことを思いつつ、尚人は、次の角を左に曲がった。

道は、車が一台やっと通れるか……ぐらいに一気に狭くなるが。その方が、スーパーまでは数段近いからだ。

そして。軽快に自転車を飛ばしていた尚人は。そのとき。背後から迫るバイクの排気音に気づき、先に道を譲るつもりで、わずかに右に自転車を寄せた。

――とたん。

擦れ違いざま。いきなり、腰に蹴りを喰《く》らって、

(…ッ！)

自転車ごと、尚人は壁に激突した。

§§§§　§§§§§　§§§§　§§§§

一方。

尚人と別れて、そのまま、一気に走りかけた桜坂は。

そのとき。明日の朝の課外授業に提出する英語プリントのことを尚人に聞こうと思って忘れていたことを思い出し、急ブレーキをかけた。

だが。思わず首だけ振り返って視線をやっても、すでに、尚人の姿はなく。

(まっ、家に帰ってからでもいいか)

そう思い直したとき。フルメットのオートバイが一台、通り過ぎていくのが見えた。

別段。何の変哲もない、ただのバイクだ。

しかし。

桜坂は、なぜか……。自分でもよくわからない、妙な胸騒ぎを覚えて。

自転車のハンドルを元に戻し、一気にペダルを踏んだ。

もしかしたら。虫の知らせ——というやつだったかもしれない。

オートバイの先に、尚人の自転車は見えない。

(あれ……?)

そう、思った矢先。例のオートバイが、不意に左折した。

そして。桜坂が、その後を追って同じように角を曲がった。

——とたん。

「ガシャンッ!」

鈍い音がした。

(……ッ!)

そこで、いきなり全開で桜坂の視界に入ってきたものは。

横転した自転車の下敷きになって倒れている尚人を容赦なく蹴りつけるフルメットの男の姿だった。

刹那《せつな》。桜坂の顔面から、ざっと血の気が引いていく。

だが。

それも一瞬のことで。次の瞬間には、

「ヤ…ロぉ…ッ」

憤激の声を嚙み殺し、桜坂は猛然とペダルを踏み込んだ。

そして。

「てめーッ、何やってんだーッ！」

腹の底から一喝すると。慌てふためいてバイクに飛び乗ろうとする男めがけて、

「逃がすかぁッ、ヤローッ」

自転車ごと、もうスピードで突っ込んだ。

ギッ、ガガガッッッ――――。

絡み合って。もつれ合って。バイクが倒れる鈍い音がする。

その煽《あお》りを喰って自転車から投げ出された拍子に、一瞬、身体のどこかにビリッと鋭い痛みが走ったが。桜坂は、そんなことは委細かまわず、バイクの下敷きになって呻《うめ》く男へと素早く駆け寄ると。男のヘルメットを毟り取り、その胸倉を引っ摑《つか》んで殴りつけた。

§§§§§　§§§§§　§§§§§　§§§§§

藤枝魁斗《ふじえだかいと》フォト・スタジオ。

ノリのよいアップテンポの音楽が響く部屋の中。

そのビートに合わせ、まるで、カメラマンを挑発するかのように歯切れよく。しかも、流れるような美しいポージングを付けて——雅紀《まさき》が微笑《ほほえ》む。

焦《じ》らすように流し目をくれて。

艶《あで》やかに。

ときには、妖《あや》しく。

あるいは、爽《さわ》やかに——微笑する。

そのたびに、

「カシャッ」

「カシャッ」

カメラのシャッターが続け様に切られていく。

そんな一連のポージングの鮮やかさに、それを見つめているギャラリーの間から、ほぉぉ……と、ため息がもれた。

「やっぱ、スゴイよなぁ……」

「そりゃあ、キャリアが違いますって。あの人に比べたら、俺たち、まるっきりのアマチュアですもん。知ってます？　あの人のウォーキングって腰がきっちり決まってて、そりゃあ絶品なんですから」

「……て、いうか。マジ、オーラ出てない？」

「魁斗先生も、ノリに乗ってるって感じ。さっきから、何の指示も出してませんよね？」

「おれ……MASAKIさんの前で、ホントよかったです。こんなの見せられたら、自信喪失でメゲちゃいますって」

今、現在。メンズ雑誌としては一番人気がある『MERCURY《マーキュリー》』の秋物コレクションのグラビア撮り。

男五人のアイドルグループ『レガイア』が解散して、本格的なソロ活動への第一歩としての飛躍が期待される鹿島貴明《かしまたかあき》をメインに、ハイジャンプからモデルに転身した尾崎耀司《おざきようじ》やバスケプレーヤーの藤堂拓巳《とうどうたくみ》など。今、最も注目度が高い異色の顔合わせがウリであるがゆえに当初の予定時間をはるかにオーバーして、ようやくすべての撮影が終わり。

ホッと一息入れた——そのとき。

まるでタイミングを見計らったかのように、雅紀の携帯が鳴った。

「はい。雅紀です」

仕事との絡みもあって、携帯に出るとき、雅紀はいつも下の名前だけを名乗るようにしている。プライベートでこのナンバーを知っている者は本当にごくわずかだったし、その方が何かと都合がよかったからだ。

だが。

『あの……俺は桜坂と言いますが』

どこか切羽詰まったように名乗る男の声にもその名前にも、雅紀は一向に覚えがなかった。

「オウサカさん？」

『そうです。突然ですみませんが、あなたは、篠宮尚人君をご存じでしょうか？』

いきなり見知らぬ他人に尚人の名前を出されて、雅紀は眉間にシワを寄せる。

（……誰だ、こいつ）

「知ってますが。それが……何か？」

勢い、その口調にも警戒心がこもる。

すると。予想に反して、

『あー……よかった』

相手は、心底ホッとしたようにため息をもらした。

『アドレス帳にはこの携帯の番号しか載ってなかったし……。これでダメだったら、どうしようかと思った』

（アドレス帳……って、尚人のか？）

それを思うと、雅紀の眉間の縦ジワはますます深くなる。

『それで、マサキさん。すみませんが、篠宮の親に至急連絡取りたいんで、親父《おやじ》さんかオフクロさんの携帯の番号、教えてもらえませんか？　家に電話しても、なんでか、ぜんぜん繫《つな》がらなくて……』

瞬間、雅紀は息を吞《の》む。

親に至急連絡……とは。いったい、尚人に何があったのだろうと。

それでも。『オウサカ』と名乗る男の素性もわからないうちは……とか思うと、

「君は、尚人の何？」

つい、ぞんざいな口調になった。

『あ……すみません。俺は翔南高校の、篠宮のクラスメイトです』

「…………」

『失礼ですけど、そういう、あなたは？』

「俺は、尚人の兄だ」

『え…？　兄さん？　…っていうと、あの……どういう？　篠宮とは名字が違うけど……』

「篠宮雅紀。携帯に出るときは、仕事柄、いつも下の名前を使ってるんだ」

『あ……そう、なんですか』

「……で？　尚人がどうかしたのか？」

『あ……はい。今、桜ヶ丘の病院からなんです。下校途中に、ちょっと、事故に遭って……それで……』

雅紀の顔から、ざっと、血の気が引いていく。

(事故……って……)

「桜ヶ丘の……どこ？　何病院ッ？」

『慧聖会《けいせいかい》病院です。電話番号は……』

雅紀は、バッグからペンをつかみ出すと、テーブルの上に置いてあるファッション雑誌の端に病院の名前と電話番号を走り書きにし、

「わかった。ありがとう。すぐに行く」

携帯を切って。走り書きにしたそれを破る手間も惜しくてその雑誌をバッグに放り込むと、あたふたと身繕いをし。部屋を飛び出していった。

§§§§§　§§§§§§　§§§§§§　§§§§§§

ふと気がつくと、夜の八時を過ぎていた。

なのに。

尚人はまだ、帰ってこない。

いつもなら。とっくに、晩飯ができたからとドアをノックしている頃だ。

(……なんだ?)

毎週金曜日は何かの委員会があるとかで、帰宅時間もそれなりにけっこう遅めだったので、最初は大して気にも止めなかったのだが……。ここまで遅いと、さすがに、裕太《ゆうた》も気になりはじめる。

まさか。尚人に限って。学校帰りに友人と連れ立って、どこかでハメを外している――とかは考えられない。

――いや。友達と夜遊びをする甲斐性《かいしょう》があるくらいなら、裕太だって、こんなにヤキモキはしない。

第一。尚人に、そんな親しい友達がいるかどうかも疑わしい。

休みに友達とどこかに出かけるとか、そんな素振りは一度だって見せたことはないし。それどころか、裕太の知る限り、家に一本の電話だってかかってきたことはないのだ。

だから。本当はただイイ子ぶってるだけで、友達なんか一人もいないに違いない。――と、裕太は思っている。

家の事情が事情だし。しかも、男と……実の兄とセックスしているような秘密を抱えていては、とてもじゃないがフッーの友達なんかできないよな――と。

それにしても――遅い。

（チッ。帰りが遅くなんのなら、電話くらい入れろよなぁ）

思わずこぼして。ふと――気づく。

そういえば。六時過ぎくらいに、一度、階下の電話がしつこく鳴ったが。もしかして、あれがそうだったのだろうか、と。

すると。なんとも気まずい思いがして。裕太は小さく舌打ちをもらすと、また、読みかけの本に目を落とした。

それから、しばらくして。ペットボトルのお茶も飲み尽くして、さすがに空腹感を覚えた裕太は、どんよりと時計を見た。

十時三十八分。

（こんな時間まで何やってんだよ、もう……）

一言クサって、裕太は部屋を出る。キッチンに行けば、何かあるだろうと。

相変わらず、物を食うことに執着心はなかったが。それでも、朝昼兼用の弁当と晩飯だけはきっちり取るようになったせいか、時間になれば、多少なりとも空腹感を感じるようになってきた。

それはそれで。裕太には、わずらわしいことが増えただけ……だったが。

とりあえず、冷蔵庫を開けてみる。

――が。食欲をそそるようなものは何もなかった。

（牛乳で、いいか）

そのとき。

不意に、電話が鳴った。

たぶん、尚人からだろうと、裕太は電話を睨《にら》む。

（今頃、遅いんだよッ）

誰が出てやるものか――と思う。

どうせ、言い訳がましいことばかり吐きまくるに決まっているのだ。

そのまま放っておいて、牛乳を飲む。

だが。しつこく鳴り続ける電話に、裕太は、どうせなら嫌味の一言でも言ってやろうと、受話器を取った。

「もしもし？」

相手が尚人に違いないと思っていたから、不機嫌さを隠そうともしなかった。

しかし。

聴こえてくるのは、受話器の向こうで、一瞬ハッと息を呑んだような沈黙だけで。裕太は、ますます不機嫌になった。

もしかして。ただのイタズラ電話か？　——とか思うと、

「もしもし？　誰？」

声も、おもいっきり尖《とが》る。

すると。

『——ゆう……た？』

微《かす》かに掠《かす》れた声が、裕太の名前を呼んだ。

裕太は、じっとりと眉をひそめる。

「そう、だけど。あんた——誰？」

『あたし……。沙也加《さやか》よ』

瞬間。裕太は息を呑む。

(お…ねぇ……ちゃん……？)

『——元気？』

受話器を通しているせいだろうか。数年ぶりに聴く沙也加の声は、記憶にあるそれとは違って、まるで……見知らぬ他人を思わせた。

だから。裕太は、何と答えていいのか……迷った。

『……裕太？』

「——何？」

『だから……元気なの？』

「とりあえず、生きてるよ」

——と。受話器の向こうから、深々とため息が聴こえた。

それが妙に白々しく聞こえてしまうのは、気のせいだろうか。

「——で？　何？　そんなこと聴くために、わざわざ電話してきたわけ？」

ついつい、そっけなく口調が尖るのは。沙也加も父親と同様に、何も言わずに自分をこの家に捨てていったという思いがあるからだ。

誰も彼もが、自分だけを除け者《のもの》にする。

裕太には、根深いその不信感があった。

その刺々《とげとげ》しさに何を感じ取ったのか。沙也加は、

『……尚《なお》は？　そこに、いるの？』

トーンを落として、そう言った。

「ナオちゃん？　まだ帰ってきてねーよ」

すると。沙也加は、しばし沈黙して、

『いつも、こんなに遅いの？　あの子、もしかして——バイトでもやってる？』

妙に意味深な口調で、言った。

それが妙に癇《かん》に障って。裕太は、

「雅紀にーちゃんが、ナオちゃんにバイトなんかさせるはずないだろ。ナオちゃん、箱入り息子なんだから。よけいな虫が付かないように、雅紀にーちゃん、そこら中に殺虫剤振りまいてるよ」

沙也加にとっては『雅紀』の名前が禁句になっているであろうことは承知の上で、おもいっきり毒突く。

案の定。沙也加はムッツリと黙り込んでしまった。

本当は、尚人が自分のモノであると所有権を主張して、この家でセックスという名の『マーキング』をしているのだと知ったら。沙也加は、どう思うだろう。

「だいたい、ナオちゃんみたいなガリ勉がバイトなんかやるわけねーじゃん。いつもはとっくに帰ってきて、晩飯食ったら、寝るまで勉強勉強……だよ。今日は、何とか委員会とかいうのがある日だから、ついでにおもいっきりハメ外してんじゃねーの?」

『こんな時間まで、電話もないの?』

「──なんだよ? 奥歯にモノが挟まったような言い方すんなよ。ナオちゃんに用があるんなら、明日にしろよ」

『裕太。……あんた、テレビのニュース、見てないの?』

「テレビなんか、見ないよ。くだらねーから。新聞は、まっ、たまに見るけど」

『さっき、ニュースで、最近、自転車通学の男子生徒ばっかり狙った暴行魔が捕まったって……やってたのよ』

「それが、何？　お姉ちゃん、まさか……その暴行魔がナオちゃんだとか思ってんの？」

おもいっきりバカにした口調で裕太がそれを言うと、沙也加は、

『違うわよ。その暴行魔に狙われて怪我《けが》したのが、千束《ちづか》から通ってる翔南高校の生徒だって言うから……』

思いもかけないことを言った。

「え……？」

一瞬。裕太は絶句する。

『まさか……とは思うけど、ちょっと気になって……』

束の間、沙也加の声が遠くなる。

『…——たッ。ちょっと、裕太、聴いてる？』

「あ？　……え？　なに？」

口を突いて出る声も、妙に掠れた。

『ほかに、どこからも、電話とか——なかった？』

「……ない」

『そう……。だったら、いいけど……』

沙也加の口調も、変に歯切れが悪い。

『何かあったら、警察とか病院とかから……連絡があるはずだしね』

まるで、それがただの杞憂に過ぎないのだと、自分自身に言ってきかせているかのようだった。

『じゃ、もう切るわ。あ……裕太。あたしが電話してきたって、尚には言わないで。……お兄ちゃん……にも、よ。絶対、内緒だからね?』

そう念を押して、沙也加からの電話は途切れた。

しかし。

裕太の鼓動は、ドキドキと落ち着かない。

(まさか……だろ?　違うよな?)

例の連続暴行事件のことは、裕太も知っている。尚人が通う翔南からも、すでに二人の被害者が出ていることも。

千束から翔南高校まで自転車で通学しているのが何人いるか、知らないが。まさか、よりにもよって、尚人が貧乏クジを引くとは思えない。

(たまに、おもいっきりハメ外してるだけだろ?　なぁ、ナオちゃん……そうだよな?)

そう思って、リビングの時計を見やる。

もうじき、十一時。

尚人はまだ、帰ってこない。

（なに……何やってんだよぉ。バカ…ナオぉぉ、電話くらい、かけてこいよぉッ）

唇を噛み締めて尚人を罵《ののし》りながら、裕太は、電話の受話器を睨みつけた。

《＊＊＊波　紋＊＊＊》

その日の朝。

翔南《しょうなん》高校の駐輪場では、

「なぁ、おいッ。聞いたかぁ？」

「え？　何？」

「なんだよ、おまえ、知らねーの？　テレビ、見てねーのかよ？」

「見た、見た。十時のニュースだろ？」

「今朝の新聞にも出てたぜ」

「あれって、絶対、篠宮《しのみや》のことだよな」

その話題で、いつも以上にざわついていた。

そんな中。

いつものように。

だが。とても、軽快な……とは言いがたい、妙にゆったりとしたハンドル捌《さば》きで桜坂《おうさか》がやって来ると。

「……ゲッ」

「何……あれ」

「う…わぁ……怖ぇぇ……」

「桜坂の奴……どうしたんだ？　ズタボロじゃん」

常とは違う、凶悪——としか言いようのないオーラを垂れ流すその顔つきに、誰も彼もがビビリ上がってあんぐりと息を呑《の》み。ざわついた駐輪場は目に見えてヒヤリと凍りついた。

ところが。

そこで桜坂が来るのを待ち構えていたらしい中野《なかの》と山下《やました》は、そんな、うっそりと重い空気をゲシゲシと蹴《け》散《ち》らすような勢いで歩み寄って来ると、

「おいッ。桜坂ッ」

「ちょっと、話がある。付き合えよ」

心なしかこわばった顔つきで、強引に、桜坂を拉致《ラチ》った。

昨日の事件のことは、昨夜のテレビニュースで流れた。今日の新聞の朝刊でも、詳しく報道されている。

動機も、その関連性もわからない、一種の愉快犯にも似た凶悪な連続暴行事件の容疑者らしき少年の拘束——というニュースは、最近では一番の関心事であったことを充分に窺《うかが》わせるほどの大きな扱いだった。

さすがに、尚人《なおと》の名前は出なかったが。それでも、地方紙には、尚人のプロフィールとして、

先の被害者同様、学校名と学年と千東《ちづか》市在住の文字は出た。その犯人と格闘して捕まえた友人の存在も。

たったそれだけのことでも、誰が被害にあったのか——わかる者にはわかる。

もっとも。格闘した友人が誰であるのか、そこまではっきりと確信できた者はわずか二人しかいなかっただろうが。

だから。昨日の今日で、二人が何を興奮ぎみに自分のことを待ち構えていたのか。その顔を見た瞬間にわかってしまった桜坂は、文句も言わずに引き摺《ず》られて行く。

それはそれで、駐輪場にいた連中は、更に信じがたいものを見たような顔つきではあったのだが。

けれども。周囲の、

『なんだ？』

『どうした？』

『いったい、何があったんだ？』

不穏に凍りつく視線を蹴散らして、有無を言わせずに桜坂を拉致って来たものの。絆創膏《ばんそうこう》と包帯が巻かれた顔や手の凄《すさ》まじい青アザで、いつもの不敵な顔つきが更に凶悪な御面相に成り果ててしまっている桜坂の姿をまじまじと見やって。中野も山下も、なんとも言いがたい複雑な顔をした。

「なんか……スゲー凶悪な面してんな、桜坂」

「マジ——篠宮だったりするわけ？」

中野も、山下も。まさか、自分たちが口にした不安《こと》がものの見事に的中してしまうとは、夢にも思わなかったに違いない。

昨日の帰り際。

半ば強引に、尚人に桜坂を押しつけたのは。言わば、掛け捨てで安全を買う保険《おまもり》のようなものだったはずなのに。自分たちが『それ』を口にしたがために、かえって災厄を引き寄せてしまったのではないか……と。二人にしてみれば、ひどく後味の悪い現実になってしまった。

「……で、篠宮は？　大丈夫なのかよ？」

恐る恐るといった感じで、山下がそれを言う。

「打撲と捻挫《ねんざ》」

すると。二人は、命に別状はなくてよかった……といわんばかりの顔つきで、深々とため息をもらした。

実際、被害にあった少年たちの何人かは、いまだに意識不明の重体であったり。複雑骨折であったりして、長期の入院を余儀なくされている状態だった。

それに。運よく重傷は免れたとはいえ、不意のアクシデントというには凶悪すぎる事件に見舞われた少年たちの精神的ショックは計り知れない。

しかし。

桜坂は。自分で言った言葉ほどに尚人の病状が軽いものではないことを、知っている。

壁に激突したらしい衝撃で自転車はグチャグチャに変形していたし。そのときに側頭部を強打したと思われる血痕《けっこん》の生々しさも、壁にこびりついていた。

蹴りつけられるまま、呻《うめ》き声も上げずに意識を飛ばしていた血塗《ちまみ》れの尚人の蒼白な顔つきを思い出すと、桜坂は今でもゾッとする。

携帯電話など、普段は別にあってもなくても同じようなものだったが。あのときほど、持っていてよかったと思わずにはいられなかった。

もっとも。救急車を呼び出す手も声も、普段の自分ではありえないほどに不様にこわばりついてはいたが。

「けど、よかったよ。桜坂、ちゃんと、篠宮をガードしてくれてたんだな」

「ホント。もし桜坂がいなかったら……とか思うと、俺、ゾッとしちゃったぜ」

「…って、いうか。桜坂も襲われたわりには大した怪我《けが》しなくて、よかったよ」

「……だよな。とにかく、犯人が捕まって、一安心だって」

中野も山下も、運悪く、二人揃《そろ》って連続暴行犯に襲われたと思っているらしい。

――が。あえて、桜坂はその間違いを正そうとは思わなかった。

昨日から、事情聴取とやらで散々しゃべらされた。

それも同じことばかり、何度も、何度も……。

そのせいで、今朝は喉《のど》が変にいがらっぽい。

いっそ、今日は休んでしまおうか——とも思うくらい、気分も最悪だった。

だが。

下手《へた》に部屋に籠《こ》もったままだと、尚人のぐったりと蒼ざめた顔とか、血糊《ちのり》でべったり貼りついた髪とかが脈絡もなく浮かんでは消えて……。

実は、昨日も。変に目が冴えて……というよりは、妙に血が昂ぶって。身体は疲れきっているのに、なかなか寝つけなかった。

それならいっそ、学校にでも行って気分を紛らわせた方がマシ——だったのだが。さすがに、駐輪場で中野と山下に拉致られることまでは頭が回らなかった。

それでも。桜坂は、たったひとつ、確信していることがあった。

あれは、きっと、初めから尚人だけを狙っていたのだ。それが証拠に、あの男は、自分には見向きもせずに尚人のあとを追っていった。

いみじくも、中野が言っていたように。どういう理由付けかはわからないが、犯人は、狩る『獲物』をちゃんと選んでいるのだろう。

もしかしたら、周到に下見までやっていたのかもしれない。

だから。

たぶん……。

昨日は、おじゃま虫な自分と尚人が別れて離れるチャンスをヤキモキしながら窺っていたに違いないのだ。

それを思うと。桜坂はなおさらに偏執的なものを感じて、反吐《へど》が出そうになるのだった。

「まだ、安心できねーよ。あんだけ派手にやってんだぜ。野郎一人ってことはねーだろ？」

「そりゃ、そうなんだけど……。とにかく、最初の一人目を取っ捕まえられたってことは、何にしても大きな一歩だと思うぜ」

「おぅ。その野郎から芋づる式にズルズル…って可能性もあるわけだし」

巷《ちまた》では、まるで『ゲーム』か何かのように多発する事件の性質上、暴行犯は単独犯ではなく、複数の共犯者がいると言われていた。

犯人――もしくは、犯人グループが、どういう基準でターゲットを選んでいたか……なんてことはわからなかったが。少なくとも桜坂は、あれが行き当たりばったりの衝動的な犯行だとは、どうしても思えなかった。

もしも。

あのとき。

振り向かなかったら……。

それを思うと。何か、目には見えないモノが自分を引き寄せたのではないか……とさえ思えて。桜坂は今更のように、犯人に対する憤激がふつふつと滾《たぎ》り上がるのだった。

「ンで？　おまえらを襲った奴って……どんな奴？」

「世間を舐《な》めくさった、落ちこぼれのクズ」

桜坂にしては珍しく、感情を剝《む》き出しにして吐き捨てる。

そうすると。吊《つ》り上がりぎみの眦《まなじり》が更に凶悪になって、中野も山下も、つい、腰が引けてしまった。

同時に。

口には出さないだけで。いつもは冷然としたポーカーフェイスを崩したことのない桜坂をここまで怒らせることができる『落ちこぼれのクズ』とは、いったいどんな奴なんだ――と。別の意味での興味は尽きなかったが。

しかし。それを言うと、ますます桜坂の機嫌が険悪になりそうで……。どちらからともなく、二人はチロリと互いの顔色を窺って、内心、どっぷりとため息をもらした。

今更のようだが。桜坂の不機嫌は、いまだにグツグツと煮え滾っていた。

自転車で突っ込んで揉《も》み合ったとき。そいつは倒れたバイクの下敷きになって足を骨折し、尚人と同じ病院に担ぎ込まれた。

なのに、そいつは。自分のやったことなど棚に上げまくって、自分が骨折したのは桜坂の暴行が原因だの何だの、好き勝手に吠《ほ》えまくり。挙げ句の果てに、

「チッ。とんだドジ踏んじまったぜ。こんなことなら、鉄パイプで、さっさと、あいつの頭カチ割っときゃよかった」

平然とそんな台詞《せりふ》まで吐いて。さすがに、頭の血管がブチ切れた桜坂は、そいつの首を締め上げて殴り飛ばそうとして、付き添いの看護婦と警官の三人掛かりで羽交《はが》い締《じ》めにされて引き離されたのだった。

元来。桜坂は、カッとなるとすぐにキレて自分を見失う——というタイプではないはずなのだが。あのときばかりは、こんなクズ野郎のせいで尚人の人生がねじ曲げられてしまったかもしれないかと思うと、憤怒を過ぎた過激な感情《モノ》が込み上げるのを止められなかった。

中野と山下は、事件の経緯や尚人の様子などをもっと詳しく聞きたそうだったが。運悪く、課外授業の始まりを告げる予鈴が鳴ってしまい、

「あ……クソッ。チャイムが鳴りやがった」

「桜坂。おまえ、今日の放課後、時間ある？」

「あるけど……何？」

「篠宮の様子知りたいし……。帰り、付き合わねー？」

すると。桜坂は、しばし沈黙して、

「見舞いなら、しばらくは、やめといた方がいい」

そう言った。

「え？　なんで？」

「昨日の今日だし。もうちょっと、落ち着いてからの方がいいんじゃねーの？」

「あ……そっかぁ。やっぱ、ショックも相当なもんがあるよな」

「篠宮の様子も気にはなるけど、見舞いに行って気を遣わせちまったら、何にもならねーもんなぁ」

　その後の様子が知りたいのは、桜坂も同様だったが。家族でもない限り、当分見舞いは控えるのが礼儀だろう。

　特に。昨日は深夜まで、マスコミも大勢集《たか》っていたし。そのときのことを思い出すと、さすがに、桜坂もうんざりだった。

§§§§　§§§§　§§§§　§§§§

「聞いたか？」

「代表委員会の帰りに襲われたんだって？　あいつら」

「なんか……。ほかの代表委員の奴ら、あとから聞いて、震え上がってたらしいけど？」

「…って、いうか。例の暴行魔捕まえたの、あの桜坂らしいぜ？」

「えぇえッ。ウソ……」

「そのことで、桜坂、一限目からずっと、校長室に呼び出し喰《く》らってるんだと」

「――マジぃ？」

「俺……刑事も来てたって聞いたからさ。てっきり、桜坂が喧嘩《けんか》かなんかして、そのせいかと思ってたけど？」

「オレも。なんせ、あの顔……だし。まさか、そんなことになってるなんて、フツー、思いつかないもんなぁ」

「けど、あいつら、帰りは同じ方向じゃないだろ？」

「ほらぁ、篠宮って、千束じゃん？　それで、もしかしたらヤバイかもしんないって、桜坂がガードしてたんじゃないかって……」

「野性の勘って奴？　やっぱ、桜坂って、ただモンじゃねーよな」

「つーか……。桜坂、やっぱり、篠宮の番犬――だったんだなぁ」

「あいつ、空手の達人だろ？　もしかして、犯人、半殺しにされてんじゃねー？」

「いいじゃん。誰も同情なんかしやしねーよ」

「そうそう。名前と顔わかったら、袋叩《ふくろだた》きにしてやりたい奴って、きっと、いっぱいいると思うぜ？」

「ねぇねぇ、桜坂君って、やっぱ、スゴイよねぇ」

「知ってる。篠宮君助けるために、犯人と格闘したんでしょ？」

「じゃあ、あの怪我って、犯人と格闘した名誉の負傷だってこと？」

「……らしいよぉ」

「篠宮君のこと、命を張って助けたヒーローだよね」

「きゃぁぁッ♡　すっごぉおい……。なんか、ドラマみたい」

「そんなこと言ってると、吊るし上げくっちゃうよ？」

「そうだよ。こんなときに、不謹慎だってば」

「……ごめん」

「それもあるけど。篠宮君の隠れファンって、けっこういるからなぁ。みんな、ショックなんじゃない？」

「……そうなの？」

「ウン。彼って、ほら、ほかの男子とぜんぜん違うっていうか……。すっごく雰囲気あるじゃない？　キャーキャー言って派手にミーハーするような子はいないけど、人気あるのよ」

「でも、高嶺《たかね》の花——なのよねぇ」

「あー……。それ、あたしも聞いたことがある。何かって言うと、篠宮君の周りを男子が囲んじゃうから、手を出せない……みたいな」

「それって……。もしかして、中野君とか、山下君とか？」

「イイ男の周りには、結局、イイ男が固まっちゃうのかなぁ。とどめが、あの桜坂君じゃあ、ねぇ。女子《あたしたち》に勝ち目なんかないよね？」

「今期のクラス代表委員なんて、それでいくと、ものすごい面子《メンバー》が揃ってるよね。目の保養って感じ？」

「だから、ほら、三年がイジケちゃって。篠宮君のことイビったら、逆に、桜坂君にバシッと叩《はた》かれてビビリまくっちゃったのよ」

「だけど、篠宮君、大丈夫なのかな。もしかして、打ち所が悪くて、北高《きた》の一年の子みたいに半身不随とかになっちゃったら、もう、泣くに泣けないよね」

§§§§　§§§§§　§§§§§　§§§§§

その日。

桜坂が、自らの武勇伝を得意気に吹聴《ふいちょう》して回るまでもなく。昼休みが終わる頃には、すでに、桜坂の『顔』と『名前』は、新たな《畏怖《いふ》》と《賞賛》の嵐となって、校舎の隅々にまで轟《とどろ》き渡ってしまった。

別に、規約で決まっていたわけではないが。通常、どこのクラスでも『男女』の組み合わせで構成される代表委員としては、唯一『男男』の異色のカップリングということで。当人たちの知らないところで、その名前と顔が方々に売れまくっていた尚人と桜坂であったが。今回の事件で、桜坂の代名詞でもあった『二年七組の番犬《ケルベロス》』という異名は、その日のうちに、そっくりそのまま『篠宮尚人の守護神《ガーディアン》』へと横滑りしてしまった。もちろん、陰でこっそりと……ではあるが。

放課後。

桜坂が駐輪場にやって来ると。登校時と同様、なぜか、中野と山下が待ち構えていた。

「よぉ、お疲れさん」

開口一番。中野が真顔で、今日一日の労をねぎらう。

とたん。桜坂は、露骨に顔をしかめた。

「念のために言っとくけど。別に、俺たちがバラしたわけじゃないぜ?」

結局。

それが言いたかったのか——と。桜坂は、

「……知ってる」

　ブスリともらした。

　当然のことながら、桜坂の機嫌は登校時よりも更に悪化していた。

　波乱含みの早朝の課外授業が終わったあと。朝のＨＲもそこそこに桜坂が校長室に呼び出されたことは、すでに、周知の事実であった。

　初めは。あの凶悪な面付きだったこともあり。桜坂が誰かと喧嘩でもして、そのことで説教でも喰らっているのかと思っていたクラスメイトたちであったが。

　それから、緊急の職員会議が持たれ。

　どこのクラスでも、自習に次ぐ自習。

　更には。先に被害にあった少年の家族や、刑事などもやって来て。そのたびに、教頭が桜坂を呼びに来たのである。

　その頃になると。誰の口からともなく、

「桜坂の怪我が、昨日の事件に関係あるらしい」

　などと、囁《ささや》かれはじめ。

　更には、

「やっぱ、篠宮と二人して、襲われたんじゃないか？」

　尚人との関係が取り沙汰され。

最後には、

「例の暴行魔と格闘したのが桜坂らしい」

噂《うわさ》は噂を呼び、一気に燃え広がっていったのである。

何度も呼び出しを喰った桜坂は、そのたびに、うんざりするほどしつこく事件の経緯を聞かれた。

昨日も、病院で。警察官に、くどいほど何度も同じことを聞かれて、いいかげんキレそうになったことを、桜坂は思い出す。

なにしろ。昨日の事件――というよりは、世間を震撼《しんかん》させた連続暴行事件に関して。桜坂は唯一の目撃者であり、その暴行魔を現行犯で捕まえた当事者でもある。

警察も、学校関係者も事情聴取にやたら熱が入るのも仕方のないことなのかもしれないが。同じことを何度もしゃべるのはいいかげんうざったいから、それならいっそ、自分の知っていることはテープにでも録音しておくから、それを聞いてくれ――とか言いたくなってしまう桜坂だった。

そのときは、暴行魔を捕まえることで必死だったから、打ち身も擦り傷の痛みも感じる余裕もなかったが。昨日の今日で、さすがに、心身ともに疲れきってしまった桜坂であった。

§§§§§　§§§§§　§§§§§　§§§§§

その夜。

いつもより早めに風呂に入り。そのままベッドに寝そべって、いつのまにかウトウトしていると。不意に、携帯電話が鳴った。

着メロではなく、ごく普通の呼び出し音だ。

一瞬、ビクリと手を伸ばし。ベッド・ヘッドに置いてある携帯を取る。

それでも、

「……もしもし?」

寝入り端《ばな》を叩き起こされて、つい、不機嫌に声が尖《とが》った。

すると。

『あ……ゴメン。もしか…して、寝てた?』

受話器の向こうから、申し訳なさそうな声がした。

聴き慣れた、だが――覚えのある口調とは違う。いつもよりはずっと覇気のない、掠《かす》れ声。

(もしかして……)

いや。

だが……。

そいつは今、病院のベッドのはずで……とか思うと。

「――篠宮?」

問い返す声も、どこか戸惑って。

『ウン。……俺』

とたん。桜坂は、ガッパリと起き上がった。尚人からの電話だと思うと、いっぺんに眠気も吹っ飛んだ。

「おまえ……大丈夫なのか?　電話なんかして」

『まぁ、なんとか……』

それでも、息が荒い。

「なんとか……じゃねーだろうが。無理すんなって」

『大丈夫だって。ちゃんと、許可をもらったから』

「ホントか?」

『ウン。五分だけ……』

五分……。

それでも。かなり無理をしているのだろうと思うと、内心どっぷり、ため息がもれた。

――と。

『桜坂……ありがとう』
瞬間。
何と言葉を返せばいいのか……。
桜坂は、思わず返事に窮して固まった。
『どうしても、それだけ、言いたくて……』
「——そんなこと……」
もともと、饒舌《じょうぜつ》なタチではないが。言うべきときには言葉を惜しんだことはない。
なのに。
こんなときに限って、気のきいた言葉ひとつ出てこない。
それが情けなくも、もどかしくて……。桜坂は、小さく唇を嚙《か》む。
『犯人……捕まえて……くれたんだって？』
「……あぁ」
『そっちは？　……どう？　怪我……してない？』
「大丈夫だ。ドジは踏んでねーよ」
『……よかった』
つぶやく声が深々と吐かれる吐息に掠れて、今にも消え入りそうだった。
それが、痛々しくて……。桜坂は、ギリと奥歯を嚙み締めた。

それでも。黙っていると、やけに沈黙が重くて。

(たったの五分……)

それを思うと、黙っているのがもったいなくて。

だが。何をどう言えばいいのか——わからなくて。

「中野が……心配してたぜ」

とりあえず、思い出したことを口にする。それだと、自分の気持ちを整理して言葉を選ぶよりもはるかに簡単だったからだ。

『……うん』

「山下も」

『なんか……言ってた?』

「あぁ……。すぐにでも、見舞いに飛んで行きたそうだったけど。あいつら、ウルセーから。枕元でギャンギャンわめかれたら、おまえ……おちおち眠ってもいられないだろ? だから、もちっとあとにしろって、言っといた」

とたん。

くつくつ……と。耳元で笑い声がささめいた。

柔らかい、だが、どこか熱に浮かされた吐息のような掠れた——笑い声。

『…そぅ……。じき……復活、するから。そう…言っといて』

囁く言葉のひとつひとつが、なぜか、頭の芯まで沁《し》み入るようで……。桜坂は、思わずギュッと、携帯を耳に押しつけた。掠れがちな尚人の声を一言も聞き逃すまいと。

すると。頭の向こうで、かすかに、『ナオ』と呼びかける声がした。

『……ウン。もう…ちょっと……だから』

誰かに応える尚人の声。

『ゴメンね、桜坂。もっと、いろいろ……話したかったんだけど……』

「——タイムリミットだろ?」

『……しょうがないよね。約束……だから。……じゃあ…ね。おやすみ』

そして。

会話はプッツリ……途切れた。ひどく切ない余韻だけを取り残して。

桜坂は携帯を切って、元に戻すと。そのまま、ベッドに突っ伏した。

「篠宮の奴……無理しやがって」

それを思うと。今更のように、深々とため息がもれた。

まだ——三日目。体調なんか最悪だろうに。

「人の心配してる場合かよ」

それでも。

桜坂の脳裏には、血塗れでぐったりとした尚人の蒼白な顔がこびりついていたので。尚人の意識が戻って直《じか》にその声が聴けたということに、心底、ホッとしてもいた。

　そうして、気づく。尚人との間に感じていた距離感が、いつのまにか消え失せてしまっていることに。

　尚人を知ったのは、入学式のときだった。

　正直に言って。桜坂は、他人に関心がない。

　三歳年上の兄と空手道場に通い始めたのは幼稚園児の頃だった。

　同じ年頃の者とは、まるで価値観が違うとわかったのは小学生の頃だったが。周囲より頭一つ分はゆうに抜け出す中学生になると、誰もが皆、一歩引くようになった。

　協調性がないと言われるのは慣れていたし。弾《はじ》かれているのではないが、クラスで一人浮いているのもわかっていた。

　けれども。道場に行けば気の合う友人もいたし、可愛《かわい》がってくれる先輩もいた。それに何より、自分には『空手』というきっちりとした目標があったので、学校での境遇《こと》が寂しいと思ったことは一度もなかった。

　だから。別に、友達が欲しいとも思わなかったし。必然的に、他人に対する興味もなくなった。

　そんな桜坂が、なぜ、多数の新入生の中で尚人のことだけを覚えていたかというと。

　誰も彼もがわずかに緊張ぎみに、母親と連れ添って校門を入って講堂前の広場でかたまっているとき。浮かれてざわめく雰囲気の中、尚人一人だけが、皆とは違う空気をまとっていたからだ。

同じ中学出身の知り合いは誰もいないのか。一人だけポツンと、彼はいた。

本当に、彼は、独りきりだったのだ。

いつもは母親と連れ立って歩くことさえ鬱陶《うっとう》しく思える桜坂ですら、入学式の当日は母親と一緒だったが。彼のそばには、その母親の姿さえない。

かと言って。それを哀《かな》しがっているとか、不安がっているとか。そんなふうでもなかった。

彼はただ、ごく自然に——いや、凛《りん》と前を見据えてそこに佇《たたず》んでいたのだった。

もっとも。

クラスが同じだったわけでもなく。彼の印象度はそれなりにあったものの、それが別に桜坂の中で何かをもたらすというものでもなかった。彼が『篠宮尚人』だという名前だと知ったのも、もっと、ずっとあとになってのことだったし。

篠宮尚人は。誰に対しても、しごく人当たりがよかった。

が——自分に対するそれに、多少の違和感を覚えたのは同じクラスになってからだ。

最初は。やはりこいつも、そこらへんの奴らと同じなのか……という思いがあった。

桜坂は桜坂なりに、自分が周囲に何かしらの威圧感を与えているらしいことは、知っていたからだ。

桜坂自身は、別に、意図的に威嚇《いかく》しているわけではないのだが。高校生になって、周囲の自分を見る視線《め》が一気にグレードアップしてしまったような気もする。

ひとつには。相変わらず、抜きんでた体格のよさもあっただろうが。やはり、フルコンタクトで知られる神堂《しんどう》流《りゅう》空手の門下生という肩書きと、どこから見ても可愛げのない無愛想な面構えのせい……なのだろう。

だから。尚人にも、やはり、そういう刷り込みが入っているのだろうと思っていた。

あの日。

先を行く尚人の肩を、背後からつかんで声をかけたとき。

いきなりギョッと固まってしまった尚人の、冗談ではごまかせないような蒼ざめた顔つきを目の当たりにしてしまうまでは。

それは。毎度おなじみの、見慣れた感情の発露ではなく。一瞬、大きく見開かれた双眸《そうぼう》にこもる、明確な怯《おび》え……だった。

いつも完璧に取り繕っていた尚人の仮面の下に隠されていた、素顔。

尚人はすぐに、ぎくしゃくと苦笑を浮かべて、

「桜坂……いきなり、忍び寄ってこないでよ。俺のか弱い心臓が破裂しそうだってば」

その場を取り繕ったが。わずかに痙《ひき》つった唇の端で噛み殺す吐息の震えに、桜坂は、尚人が抱える『何か』を垣間見たような気がした。

それが、何なのかは、はっきりとはわからなかったが。自分の何かが、尚人の『それ』を刺激するのだろう。

中学でも高校でも、クラスメイトたちは相変わらずひどくよそよそしい。桜坂にとっては、すでに、見慣れた光景ではあったが。

なのに。その中で、尚人だけがごく自然な態度で接してくる。

それは。『あの一瞬』がまるで錯覚ではなかったかと思わせるほどに、尚人の態度はまったく変わらなかった。

だから――というわけではないが。それがかえって、桜坂の視界の中で『篠宮尚人』という存在を際立たせる結果になってしまったのかもしれない。

もちろん。視界の端で意識しつつも、積極的に関わりたいとは思わなかったが。

なのに。

結局、どっぷり関わってしまった。

(なんで……だろうな)

それを思うと、もはや、ため息しか出ない桜坂であった。

そして。そんな尚人を、『ナオ』と呼びかけた人物を思い浮かべて、

「あれって、やっぱ、篠宮の兄貴……だよな」

更に深々と、息を吐いた。

あのとき。

病院で。

ようやく、携帯で尚人の兄に連絡がついてホッとした桜坂は。それから、約二時間、ひたすら待ちぼうけをくわされた。

その間にも、次から次へ、救急患者が搬送されてくる。それを横目に、次第に桜坂の気分もささくれ立ってきた。

篠宮家の家庭事情を知らない桜坂は、あの時点で、雅紀《まさき》からすぐに親へと連絡がついているのだとばかり思い込んでいた。だから、いつまでたっても来ない親に、

(何、やってんだよ。篠宮の親はッ。息子の一大事なんだぜ。すぐに飛んで来いよォッ)

苛々《いらいら》を通り越して、怒りすら感じはじめていたのだった。

――と。

その間。警察官にしつこくいろいろと尋問されて、桜坂も、さすがにキレそうになっていた。

そのとき。

救急車で運び込まれた身内の安否を気遣う家族であふれた待合室のロビーが、不意にざわめいた。

(……なんだ)

つられて、どんよりと目をやった桜坂は。そのとき。どっぷりとトグロを巻く陰鬱《いんうつ》な雰囲気

を蹴り飛ばすような派手な美形が、険しい表情で歩いてくるのを見た。

（外人？　……いや、ハーフか？）

軽くウェーブのかかった長髪《ちゃぱつ》をゆったりとひとつに括《くく》ったまま一同を睥睨《へいげい》するかのようにロビーを見渡すその姿は、完璧な八頭身体型《モデル》で。服装ひとつを取ってもその美貌《びぼう》を引き立たせるに相応《ふさわ》しく、見事に洗練されており。あまりに場違いで独り浮いている——というよりはむしろ。その強烈な視界の吸引力でもって、一瞬、ここが救急病棟の待合室だということを忘れさせてしまうほどだった。

誰もが、呆然《ぼうぜん》と彼を凝視している。

ささくれた苛立ちさえもが、その瞬間、霧散してしまうような迫力のある美形というのを、桜坂は初めて見たような気がした。

その目が、なぜか、ひたと自分に据えられるのを見て。柄にもなくドキリとした。

束の間、絡み合う視線が……痛い。

（……何？）

まるで、その双眸《め》に呪縛《じゅばく》されてしまったかのように、桜坂は息を詰めた。

すると。

彼は、何かを確信したように桜坂を見据えたまま、真っ直ぐやって来た。

そして。きっちり、桜坂の前で足を止めると、

「桜坂……君?」

しっとりと深みのある声で、そう言った。

一瞬、桜坂は面食らう。この日本人離れした美貌の男が、流暢《りゅうちょう》な日本語で自分の名前を呼んだのが、まるで冗談か何かのようで……。

「あ……はい。そう、ですけど……」

——だが。

「遅くなってすまない。篠宮雅紀だ。尚人は……どこに?」

告げられたその事実に、桜坂は、更に言葉を呑んだ。

(篠宮の……兄貴? こいつが?)

言われても、すぐには受け入れがたいものがある。

『ウソ』

『なんで?』

『マジ?』

そんな陳腐な言葉だけが、浮かんでは消える。

「桜坂君?」

再び名前を呼ばれて、桜坂は、ハッとする。

ボケてる場合ではない。自分がしっかりしないで、どうする?

その思いにギリと奥歯を嚙んで、桜坂はぎくしゃくと立ち上がる。

とたん。鈍い痛みが突き上げて、桜坂は思わず顔をしかめた。

――と。雅紀は、すかさずその腕をつかんで、

「大丈夫か?」

さりげなくフォローしてくれた。

「――大丈夫です」

(篠宮に比べれば、こんなもん……)

怪我のうちには入らない。

そうやって支えられて、初めて、桜坂は雅紀が自分よりも長身であることに気づいた。

他人に無言の威圧感を与えているらしい自分よりも、更にデカイ男。

それだけでも驚きなのに、しかも、

『篠宮雅紀』

そんな漢字よりも横文字こそが似つかわしい、超絶美形。

桜坂は、初対面でいきなり、後頭部に必殺の回し蹴りを喰らったような気分になった。

実際。雅紀が桜坂を名指しで呼ばなければ、雅紀と尚人が兄弟であるとは信じられなかっただろう。

変な話。まるっきり似てない兄弟というのは、世間には多々あるものだが。雅紀と尚人の場

合、似てないどころか、人種《ルーツ》そのものが違うのではないかとさえ思われた。

それが桜坂だけの思惑ではない証拠に、雅紀の到着を待ち兼ねていた担当医も看護婦も、そして警察官ですら、一瞬言葉もなく、何かの間違いではないのか？　――とでも言いたげに、まじまじと雅紀を凝視した。

だが。そんなことにはすでに慣れっこになっているのか、雅紀は、

「失礼ですが。弟さんとは、異母兄弟か、異父兄弟……とか、ですか？」

などと聴かれても、大して気分を害したふうも激した様子もなく、

「いえ。実の兄弟です。曽祖父《そうそふ》が外国人だったらしくて……。兄弟の中では、俺だけが先祖返りしてしまったようなものです」

しごく淡々と事情聴取に応じていた。

二十二歳とは思えぬほどに大人びた、雅紀の態度。その口調は理路整然として、少しも取り乱すことがない。

それどころか。雅紀ほどの美形になると、感情を剥き出しにしてヒステリックに騒ぎ立てるよりも、かえって、そういう冷然とした言動こそが何よりも似つかわしいとさえ思えてくるのだった。

だから。

桜坂たちは、すっかり騙《だま》されて――いや、勘違いしてしまったのだろう。この兄ならば、な

まじ年を喰っただけの大人よりもずっと穏やかに、何事も冷静に対処できるに違いないと。

それゆえ。雅紀が、現行犯逮捕された暴行犯の顔が見たいと言い出したとき、わずかにためらいはあったものの、誰も異を唱えなかった。

そいつは、骨折して手当は受けたものの、反省の色など微塵《みじん》もなく。その態度は相変わらずの傲慢不遜《ごうまんふそん》だった。

しかし。

そこへ突然、雅紀が現れたとき。誰にでも毒舌を吐きまくるその口が、一瞬、惚《ほう》けたように止まった。

そして。雅紀の顔をまじまじと凝視して、

「ウソ……。な…んで？　マジッ？　どーして？　すっげぇ……『ＭＡＳＡＫＩ』じゃん。マジ本物？」

唇から唾《つば》を飛ばして、興奮ぎみに声を裏返した。

（マサキ？　なんだ？　どうしてこの野郎が、篠宮の兄貴を呼び捨てにしやがるんだ？）

硬派な武闘派、桜坂は。もちろん、軟派な男たちが、毎月、目を皿のようにしてチェックを入れているメンズ雑誌など読まなかったし。学業以外には空手道場に通うのが忙しくて、テレビもろくに見ない。ゆえに、雅紀が、かの有名なモデル『ＭＡＳＡＫＩ』であることを知らなかった。

ときおり看護婦たちが顔を覗《のぞ》かせて興奮ぎみにヒソヒソと囁き合っているのも、人並み外れた雅紀の美貌に興味津々《しんしん》なのだろう……ぐらいにしか感じていなかった。

だから。いかにもな落ちこぼれのヤンキーが、なぜ、雅紀を呼び捨てに興奮しているのかもまったくわからなかった。

と――そのとき。

雅紀は無言のまま、好き勝手にほざきまくるそいつの方へツカツカと歩み寄ると。半ば惚けているそいつの顔面を、いきなり、殴りつけた。

「ガツッ！」

ひどく鈍い音がして、そいつの頭が大きくブレる。

まさか。雅紀が、そんな暴挙に出るとは思いもせず。

――一瞬。

誰もが呆然絶句して、その場が凍りついた。

そして。我を取り戻した警察官が、上擦《うわず》った声を張り上げて、

「き…君ぃぃ……」

あわてて雅紀の腕をつかむと。雅紀は、

「あぁ……すみません。こいつのせいで弟が……とか思うとカッとして、思わず我を忘れてしまいました」

それのどこがッ！　――と思えるような白々しい口ぶりで、そう言った。

思わずカッとして、我を忘れた？

それがただの詭弁《きべん》にすぎないことは、誰が見ても一目瞭然だった。

なのに。誰も、雅紀を責めようとはしなかった。

いや……。何も、言葉にできなかったのだ。

下手をすれば命に関わるような暴行を受けて、弟が無惨な姿でベッドに沈んでいるのだ。肉親ならば、その犯人を同等の目に合わせてやりたいと思うのは、心情的にはしごくまともな感情の発露であっただろう。

だから。

――なのではない。

桜坂をはじめ、その場に居合わせた者たちは見てしまったのだ。人が冷静にマジギレしてしまう様を。

淡々としているのは、その口調だけで。殴りつけた拳を更に固く握り締めて仁王立つ雅紀の背中から殺気にも似た激情が吹き上げるのを感じて、桜坂は思わず息を呑んだ。

（こいつ……何モンだよ）

人を人とも思わない奴の言い草にキレて、殴りつけてやろうとしたのは桜坂も同じだった。しかし、それは惨劇を目の当たりにしての抑えがたい衝動であって。

『こんな奴、死んでしまえばいいんだッ！』

とは思っても。実際に、殺してしまいたいわけではない。

しかし。

雅紀の場合は。

もしも、その場に誰もいなかったら。本当に殴り殺していたのではないか——と思えるほどに物騒な殺気を醸し出していた。

殺《や》るか。

——思い止まるか。

そのわずかな自制のボーダーラインで、雅紀をこちら側に引き留めている『歯止め』が何であるのか。桜坂には、わからない。

ただ。雅紀の容赦ない一撃であっけなく失神してしまったらしいそいつをあっさり見捨てて踵《きびす》を返した雅紀の金茶の双眸《め》が、不気味に底光りしているのを目の当たりにして。桜坂は、なぜか、ザワリと鳥肌が立つのを感じた。

人に怖がられることはあっても、桜坂自身、他人が怖いと思ったことはない。

空手の試合などで、キリキリに尖った集中力が『ヤバイ』という警告を発する瞬間はあるが。

それでも。実際に蹴りが入ったときですら、『クソ』という悔しさはあっても、打たれることへの恐怖心はなかった。

ところが。ひどく酷薄な冷気を纏《まと》った雅紀とすれ違ったとき、桜坂は、初めて、他人に対して『畏怖』というものを感じたのだった。

そして。傲慢な暴行魔であるあのクズ野郎が、興奮ぎみに『マサキ』と呼んだことを思い合わせて。もしかしたら、あの超絶美形な尚人の兄は、あーいうクズどもにとってはカリスマ的な存在だったりするのか？　──などと、思ってみたりもした。

(……まさか、な)

§§§§　§§§§　§§§§　§§§§

翌日。

中野と山下にせっつかれて、再び慧聖会《けいせいかい》病院へと足を運んだ桜坂は。すでに、尚人が転院してしまったことを知らされた。

(……なんで？)

その疑問に、ただ唖然《あぜん》と立ち竦《すく》む桜坂は。

その日。

『篠宮雅紀』という人物が、意外な有名人であることを知った。

週刊誌やテレビのワイドショーが一斉に、連続暴行事件の被害者である尚人と雅紀の関係を報じたからである。

そして。

それは。

今までクラスメイトが知らなかった尚人のプライベートな部分をもスッパ抜く形で、思いもせぬスキャンダルへと発展していったのだった。

《＊＊＊スキャンダル＊＊＊》

いつもは自転車で通い慣れた、翔南《しょうなん》高校までの通学路。

普通だったら四十分以上かかるその道程《みちのり》も、雅紀《まさき》の運転する車では、あっという間だ。そのせいか、見慣れた早朝の風景でさえ、いつもとは微妙に違って見えた。

例の暴行事件から、ほぼ十日ぶりの登校だった。

身体の打撲の痛みはどうにか薄れたが、まだ足首の捻挫《ねんざ》の回復が思わしくない。歩くのにも松葉杖《まつばづえ》に頼っている今の状態では、さすがに、自転車で通学するのは無理があって。結局は、雅紀が車で送ってくれることになった。

もっとも。

今の、この状態で、

「学校に行きたい」

それを言うと。もしかして、雅紀に反対されるのではないか——と。尚人《なおと》は、本当は少しだけ不安だった。

退院の許可は出たが、すべてが完治したわけではない。担当医の榊《さかき》は、

「まぁ、焦らずに、自宅でじっくり療養しなさい」

柔和な目を細めて、そう言った。

それは。もちろん。事件の精神的後遺症も考慮して、ということなのだろう。

事件が事件だっただけに。いつもは冷然とした雅紀でさえ、ピリピリと神経質になっているのが尚人にもよくわかった。

慧聖会《けいせいかい》病院から雅紀が知り合いだという榊病院に転院してからは、多少の融通は聞いてもらえるのか。どんなに夜が遅くなっても、雅紀は必ず、尚人の病室を訪れていたらしい。

たいがい、その時間にはぐっすり眠り込んでいて。尚人は、いつ雅紀が来たのかもわからなかったが。白石《しらいし》看護婦によると。別に何をするわけでもなく、しばらくは尚人の寝顔を見つめて、それから帰っていくのだという。

それで、尚人はよく、

「愛されちゃってるのねぇ、尚人君。あの『ＭＡＳＡＫＩ』の視線を独り占めなんて、ちょっと妬《や》けちゃう」

などと、からかわれたりしたのだが。

尚人は、逆に。他人――いや、自分たちの前でもそうだが。めったに弱音を吐かない雅紀が今度のことで何か変なふうに煮詰まっているのではないか――などと、かえって心配になってしまった。

だから。いまだ騒ぎの収まらないうちに学校へ行きたいなどと言ったら、雅紀の機嫌がますます悪くなるのではないか——と。

しかし。雅紀は、頭ごなしに『ダメだ』とは言わなかった。

ただ。束の間、押し黙って。

それから、真摯《しんし》な口調で尚人の視線を搦《から》め取った。

「大丈夫なのか？」

体調面だけのことではない。いまだ事件は、その余波も全部引っ括《くく》めて各メディアを派手に賑《にぎ》わせている。そんな状態で学校に行っても大丈夫なのかと、雅紀は、そのことを心配していたらしかった。

実際。被害にあった少年たちは、肉体的にも精神的にも程度の差こそあれ、事件の後遺症を引き摺《ず》っているのは確かなことだった。

先に被害にあった翔南高校の二人は、いまだに登校できる状態ではないらしい。

三年生の西条《さいじょう》は思った以上に重傷のようで、そのまま休学してしまうのではないかと言われていたし。一年生の野上《のがみ》は怪我《けが》よりも精神的なショックが相当に酷《ひど》くて、家から一歩も出られないらしい。

そういった意味では、尚人は、自分は本当に運がよかったのだと思う。桜坂《おうさか》には、どれほど感謝してもしたりないほどだった。

だから。雅紀の心配は心配として、

「大丈夫だよ。人の噂《うわさ》も七十五日——とか言うし。どっちにしろ、このまま、いつまでも家に閉じ込もってるわけにはいかないよ。それに、今更……だしね」

いっそ、きっぱりと言葉にしてしまう。

そう。今更——なのだ。

今までは地域限定であった公然の秘密《スキャンダル》が、今回のことでいきなり弾《はじ》けて、あちこちに飛び火してしまったにすぎない。

それがいくら不本意なことだったとしても、すべてがスキャンダラスに暴露されてしまった——今。鍵をかけた部屋に一日中閉じ込もって、その不運を、あーだこーだと嘆いてもしょうがない。

また曝《さら》し者になるのか？

——と思えば、気が滅入《めい》るだけだが。

だったら。前回でしっかり免疫が付いている分、己を見失わずに済むだけマシ——とでも思わなければやってられない。

それよりも、何より。

尚人にしてみれば。今回、一人で矢面に立ち、すべてを引っ被《かぶ》ってしまった感のある雅紀の今後の方がよほど心配だった。

「それより……雅紀兄さんの方は、大丈夫なの？」

すると。雅紀は、口の端でうっすらと笑った。

「こんなスキャンダルであっさり潰《つぶ》れるほど、俺はヤワじゃないよ。まぁ、これ幸いと、足を引っ張りたがってる奴はいるかもしれないけどな」

尚人が巻き込まれた、悪質な連続暴行事件。

しかし。それは思いがけず、事件とは別口の、雅紀を取り込んでの一大スキャンダルへと発展してしまった。

今、注目度ナンバー・ワンのモデル『MASAKI』。

どこにいても人目を魅《ひ》く、華のある端正な美貌《びぼう》。しかも、ただ見栄えのよい人形ではなく、しなやかな肢体は『獰猛《ワイルド》』に躍動し。同時に『聖静《ストイック》』な空間を造り出す。

それゆえに。その目線ひとつで『貴公子』にも『野性の獣』にもなれる希有《けう》な被写体だと、業界での評判は高い。

そのわりに、彼のプロフィールはどこか謎《なぞ》めいていて、それが『MASAKI』の人気に拍車をかけていたのだが。世間を騒がせている暴行事件の被害者の一人である尚人が『MASAKI』の弟だと知れると、雅紀の身辺事情は見事なまでに一変した。

病院には、知る権利とやらを振りかざすハイエナどもが傍若無人に大挙して押しかけ。結局、雅紀は、

『これ以上、病院側に迷惑をかけない』

『弟、及び学校関係への配慮』

それを条件に、無神経に突きつけられたマイクの前に立たざるを得なくなった。

超絶美形の青年が沈痛な表情で弟を気遣い、怒りを圧《お》し殺した静かな口調で暴行犯に対する憤激を語る姿は、それだけで見事な『絵』になった。

作り物ではない、リアルな日常の一コマ。

素のままのトップモデルのめったに聴けないレアな肉声と、コアなファンの間ではすでに有名だった『インペリアル・トパーズ』と呼ばれる双眸《め》がときおり強い輝きを放ってカメラの向こうを見据える様に、テレビの前では誰もが釘付けになった。

わずか十分にも満たないその会見が、何度も繰り返しテレビで流される。そのたびに、視聴者は魅入られ、この青年のことが『もっと知りたい』と渇望するようになる。

カリスマが創《つく》られる瞬間というのは、もしかしたら、こういうことなのかもしれない。そう思わせるほどに、雅紀が与えるインパクトは鮮烈だった。

そして。それが引き金になって『ＭＡＳＡＫＩ』のプロフィールどころか、雅紀自身の――ひいては篠宮《しのみや》家のプライベートな部分まで根こそぎごっそり、暴かれてしまったのだ。

他人の不幸は蜜《みつ》の味。

そんな世間の関心をスキャンダラスに煽《あお》り立てるには、父親の不倫から始まる篠宮家の悲惨な家庭崩壊物語はまさに打ってつけであったし。そこから這《は》い上がって、華麗なる『ＭＡＳＡ

ＫＩ』への転身までの道程は、一種のサクセスストーリーとなって大衆の興味を大いに掻《か》き立てた。

もちろん。そこには美談に名を借りたあからさまな中傷もあれば、いわれなき誹謗《ひぼう》もあり、事実無根の嘘《うそ》やデマカセもあった。まるで、これでもかと言わんばかりの過激な暴露合戦のような週刊誌の記事などを読むと、尚人は憤怒が灼《や》き切れるどころか吐き気さえしてきそうで、よけいに気分が悪くなった。

だが。

雅紀は。容赦なく突きつけられるマイクも、挑発じみた問いかけも、露骨に浴びせられる陰口も、一切——黙殺した。

それが生意気だとバッシングされても、態度を変えなかった。ただ、底光りのするような金茶の目で、

『人の不幸を暴き立てるのが、そんなに面白いか？』

と言わんばかりに、冷然と見返すのみだった。

そうすると。相手はたいがいビクリと怯《ひる》んで、ぎくしゃくと視線を逸《そ》らし。それっきり、何も仕掛けては来なくなる。

雅紀の双眸には、そういう、何か強い魔力にも似たモノがあるのだと。真顔で、そんなふうに語る者もいる。

すでに。身も心も雅紀に囚《とら》われてしまっている尚人としては、さすがにドキリとさせられる台詞《せりふ》だったが。

「もしも、最悪、これで今の仕事がダメになっちまっても、別に、どーってことはない。おまえと裕太《ゆうた》をちゃんと養っていけるだけの当てはあるしな」

それがただの強がりに聞こえないところが、雅紀の雅紀たる所以《ゆえん》なのだろう。

実際。これからのことを尚人が一人でヤキモキしたところで、どうにもならないのはわかりきっている。ましてや、

「だから。ナオ……おまえは、何も心配しなくていい」

そこまで言われてしまえば、尚人には、何も返す言葉がない。

結局。諸々《もろもろ》の条件付きで、尚人は登校することになったのだ。

それでも。

さすがに、校門に堂々と車を横付けするのは気が引けて、

「雅紀兄さん、ここらへんでいいよ」

尚人がそれを言うと。

「心配するな。ちゃんと、教室の中まで鞄《かばん》持ちをしてやる」

まるで嫌がらせのように、さらりと、返す。

そんな雅紀を横目で流し見て、尚人は。やはり、内心では、自分の登校に反対なのではない

か——などと。つい、勘繰ってしまいたくなった。

そのまま黙っていると、本当に教室の中までついてこられそうな気がして。

「いや……だから。これ以上、下手《へた》に騒がれたくないっていうか……」

「いいじゃないか。どうせバレまくってるんだから、それくらいサービスしてやっても」

そりゃあ、パンピーな高校生が、ナマ『MASAKI』を拝めるチャンスなんてめったにあるもんじゃないだろうが。

「なんなら、ついでに職員室まで出向いて、一言、挨拶《あいさつ》でもやっとくか？」

それだけはやめて……と。内心、深々とため息をもらす尚人だった。

「そんなことしたら見物人が殺到して、パニックになっちゃうよ」

想像するだけで、眩暈《めまい》がしそうだった。

すると。雅紀は、喉《のど》の奥で微《かす》かに笑った。

§§§§§　§§§§§　§§§§§　§§§§§

いつものように。

西門の駐輪場に自転車を止めて、昇降口へと向かいかけた桜坂は。そのとき、正門あたりが妙にざわついているのに気づいて、何気なく目をやった。

すると。

「えッ？　ウソ……」

「ホントだって。あれ、絶対に『MASAKI』だって」

「……マジぃ？」

「きゃぁぁ♡」

「ねっ、行ってみよ」

女生徒たちの興奮ぎみに跳ね上がる会話が耳に入ってきた。

(マサキ…って……篠宮の兄貴？)

思わず足を止めた桜坂の横を擦り抜けるように、

「おい。『MASAKI』だって……」

「ほんとかよぉ？」

「いいから、ちょっと、俺らも行ってみようぜ」

どこか浮かれたような男子生徒の声が走る。

そして。『MASAKI』という言葉が次々に伝播《でんぱ》するように、いつもだったら、校門から昇降口へと流れるはずの人波が一気に逆流した。

§§§§§　§§§§§　§§§§§　§§§§§

そのとき。

半ば雅紀に抱きかかえられるようにして車の助手席から出てきた尚人は、周囲の視線が呆然《ぼうぜん》と固まるのを意識した。

(だから、言ったのに……)

こうなるのはわかりきっているのに。あえて、校門に横付けする雅紀の意地の悪さに、尚人は小さくため息をもらす。

それに気づいて、雅紀は、

「クラスの中まで鞄持ち……よりはマシだろ？」

こともなげに囁《ささや》く。

それでも。

雅紀が後部座席から鞄を取り出す、その、ほんのわずかな待ち時間でさえ。松葉杖のまま、その場で待っている尚人には、なんだか針のムシロのように感じられてしまうのだった。

こんなときは。つくづく。ただ『美形』という言葉だけでは納まりきれない我が兄の、人並み外れた存在感をヒシヒシと実感してしまう。

そして。いつもは斜め掛けにしたことすらない鞄をリュック掛けにして背負おうとした、そのとき。

「篠宮ッ」

名前を呼ばれて振り向くと。そこに、桜坂がいた。

見慣れたはずの不敵な相貌《そうぼう》も、あの日以来だと思うと。なぜか、ジワリと込み上げるものがあって……。尚人はじっと桜坂を凝視したまま、束の間、声を呑《の》んだ。

言いたいことは山ほどあるはずなのに、なぜか、言葉が出なかった。

すると。桜坂は、ふっと視線を外して。そのまま大股《おおまた》で歩み寄ってくると、その目を雅紀に向けた。

「お早うございます」

「お早よう、桜坂君。その節はいろいろお世話になって、どうもありがとう。改めてお礼に伺おうとは思っていたんだけど、なかなか時間が取れなくて……。悪かったね」

「……いえ」

「見ての通り、尚人も、まだ本調子ではないんだけど。本人が、どうしても行きたいって言うんで、今日から登校することになったんだ。何かとお世話をかけるかとも思うんだけど、よろしくお願いできるかな?」

「ご心配なく」

「ありがとう」

「鞄——俺が持ちますから」

「あぁ……。悪いね。どうせついでだから、教室の中まで持っていってやろうかとも思ったんだけど」

「いや。やっぱ、それは止めといた方が……」

尚人の頭越しに交わされる、雅紀と桜坂の会話。

しっとりと深みのある声の雅紀は饒舌《じょうぜつ》で、返す桜坂はいたって言葉少なだが。半端でなく人目を魅く二人の会話は穏やかすぎるほどにスムーズだ。

なのに。醸し出す雰囲気が互いの個性を相殺《そうさい》するどころか一気にグレードアップして、まるで『ゴジラ』VS『キングギドラ』のように感じてしまうのは、尚人の気のせいだろうか。

それでなくても。二人の間に挟まれたままの尚人は、皆の視線が倍増しでズクズク突き刺さるようで、半端でなく居心地が悪い。

「雅紀兄さん、もう、いいよ。行って」

雅紀がいつまでもそこにいると。冗談でなく、校門前は黒山の人集《ひとだか》りになってしまいそうだった。

「じゃあ、な。ナオ、あんまり無理するなよ」

「ウン。ありがとう」

「帰り、電話するのを忘れるな」

「……わかった」

雅紀は軽く頷《うなず》くと、車に戻り、まるで何事もなかったかのように去っていった。

――とたん。張り詰めるだけ張り詰めた糸がプッツリ切れてしまったかのように、なんともいえぬどよめきが、一斉にもれた。

§§§§§　§§§§§　§§§§§　§§§§§

早朝課外の終わりを告げるチャイムが鳴る。

それが鳴り終わらない前に、

「おうッ。篠宮ッ」

中野《なかの》と山下《やました》が揃《そろ》って、顔を覗《のぞ》かせた。

「なんだよ、おまえ。来るなら来るって、教えてくれればいいのに。あんま、ビックリさせせんなよなぁ」

「よぉ、お帰り。意外と早くに復活できて、ホント、よかったな」

いつもと変わらないその口調に、尚人はホッとする。

ほんの一時間ほど前。桜坂とともに教室に入って来るまで。遠巻きに寄せられる視線がキリキリ突き刺さるようで、一応覚悟はしていたものの、尚人はなんとも言えない気分だった。

さすがに、クラスメイトたちは尚人の復帰を口々に喜んではくれたが。事件が事件だったこともあり。ましてや、それまで、誰も知らなかった尚人の家庭環境がスキャンダラスに報じられてしまって。彼らも、どういうふうに尚人に接すればいいのかわからない……といった感じで。どこかぎくしゃくと、まるで腫《は》れ物に触るような雰囲気があったことも事実だった。

これで、中野たちまで変に気を遣うような素振りだったら、さすがの尚人もどっと疲れてしまうところだった。

「何？　朝は、兄貴に送ってもらったって？」

雅紀のことを『兄貴』呼ばわりする口調もごく自然で、なんら含むものはなかった。

だから、尚人としても、

「ウン。さすがに、この足じゃあね。自転車はまだ無理だから」

すんなり言葉を返すこともできたのだが。

「なんか、スゴかったらしいな。みんな、呆然絶句のバカ面状態だったらしいじゃん」

そんなふうにバッサリ断《き》られてしまうと、もう、苦笑するしかない。

「まっ、おれたちパンピーがモノホンの芸能人と接近遭遇するチャンスなんて、物凄《ものすご》い偶然を期待するしかないからなぁ」

(芸能人って……山下。それって、なんか違うような気が……)

もっとも。今度のスキャンダル騒ぎで、自分が思っていた以上に雅紀の人気が凄《すさ》まじいものだと知って、尚人はけっこう……唖然《あぜん》としてしまったのだが。

当の雅紀は。

「毛色の変わった奴が物珍しくて、ただ話題に乗り遅れまいとはしゃいでるだけだ。そのうち飽きる」

——と。相変わらず、しごくクールだ。本業以外のオファーも殺到しているようだが、すべて断っているらしい。

狂騒する周囲の雑音に惑わされることなく、自分のポリシーを貫く。

マネージャーの市川《いちかわ》はたぶん、大いに嘆いているだろうが。そんな雅紀を間近で見ていて、尚人は、自分もそうでありたい——と切に願っている。

「ンじゃ、しばらくは車で送り迎えってことか?」

「……かな」

「そっかぁ。大変だよな」

（大変なのは、俺じゃなくて、まーちゃんだけど……）

昨日の夜も、帰宅は深夜だった。

いつもだったら、まだ寝ている時間なのだ。なのに……。

それを思って、内心、ため息をもらす。

今朝の騒ぎのことを思えば、やはり、自転車が漕《こ》げるくらいになるまでは家でおとなしくしているべきだっただろうか……と。

——と。

「じゃあ、明日は、俺が篠宮の鞄持ちな？」

「……は？」

いきなり、中野がそんなことを言い出して。尚人は、呆気《あっけ》に取られた。

「だって、今朝は桜坂だったんだろ？　だから、明日は俺」

「いや……今日は、たまたま桜坂がいてくれただけで……」

「だから、明日は、俺がちゃんと校門とこで待ってるって。桜坂にだけ、オイシイ思いをさせることねーもん」

（オイシイ思いって——何？）

話のアタマが見えなくて、尚人は困惑する。

「桜坂だけナマ眼福なんて、そんなの、ズルイだろ？　だから、俺も」

ナマ眼福……？

　——ズルイ？

（それって……もしかして、まーちゃんのことか）

「しかも。桜坂の奴、ちゃっかり名前まで呼んでもらえたんだろぉ？　あの『ＭＡＳＡＫＩ』に。いいよなぁ、役得じゃん。だから、次は俺」

　実にあっけらかんと言い放つ中野に、尚人は——脱力する。

「えーッ、そういうの、アリ？　だったら、おれも。篠宮、明後日《あさって》は、おれな？」

　ついでに、山下までそんなことを言い出して。

　そしたら。事の成り行きにじっと耳を澄まして聞いていたらしいクラスの男どもまでが騒ぎ出して。

「そんなんだったら、俺たちがやる」

「そうだよ。中野も山下も、よそのクラスじゃん」

　俄然《がぜん》、騒がしくなった。

（ちょっと……勘弁してくれよぉ……）

　すると。

「ウルセーよ、おまえら。明日も明後日も、その次も、篠宮の鞄は俺が持つことになってんだ。おまえらの出る幕はねーよ」

ビシッと、桜坂の声がした。

それで。今更のように皆が振り返ると。深々と椅子《いす》に踏《ふ》ん反《ぞ》り返ったまま、桜坂は、

「なんか、文句でもあんのか？」

ジロリと、睨《にら》み上げた。

桜坂にこれをやられて、堂々と異を唱えられるような根性のある者は——いない。

だから。尚人は、とりあえず騒ぎが収まって、ホッと胸をなで下ろした。

尚人としては、もちろん。明日も明後日も、桜坂に鞄持ちなどさせるつもりはなく。さすがに、桜坂がそれを言い出したときにはビックリしたが。それも、たぶん、自分を気遣ってくれてのとっさの機転なのだろうと思った。

考えてみれば。とにかく、その場を上手《うま》く執り成すための一番の特効薬だったことには違いないし。

「……だそうだから。悪いね、みんな。気持ちだけ、もらっとくよ。ありがとう。中野も。え……っと、そういうわけだから……」

なんでいきなり、鞄持ち……なのかはわからないが。それでも、中野らしい好意の表れなのだろうと思って。尚人は、はんなりと笑った。

§§§§§　§§§§§　§§§§§　§§§§§

その瞬間。

口の端でニンマリ、中野が笑うのを見て。

(…チッ。中野のヤロー……ハメやがったな)

桜坂は、内心、舌打ちをもらさずにはいられなかった。

今日は、たまたまの偶然だったが。尚人の足が完治するまで、桜坂は、中野が言うところの『鞄持ち』をやる気でいたのだ。

たぶん。尚人は固辞するだろうが。そんなものは、先に鞄をブン取ってしまえば、あとはどうとでもなる。要は、慣れ——だ。

とにもかくにも。桜坂がその気になったのは。雅紀に『よろしく頼まれた』からでも、不幸なアクシデントが引き金になってプライベートな部分まで丸裸になってしまった尚人への同情でもない。

桜坂は、ただ。成り行き上、いったん関わってしまったことには自分なりのケジメをつけたいと思ったのだ。

これから、毎日。登下校には、あの半端でない『兄』がくっついてくることを思えば。周囲の視線はイヤでも、尚人の家庭事情を含めた件《くだん》のスキャンダルを意識しないわけにはいかないだろう。

だったら。誰がどう見ても本調子とは言いがたい尚人の負担は、少しでも軽い方がいいのではないか……と。

別段、尚人の『守護者《ナイト》』を気取るわけではないが。どうせ、陰では『篠宮尚人の番犬』呼ばわりされているのだ。だったら、この際、その役に徹してみようか……と。

ほかの誰かに任せて変にヤキモキするくらいなら、自分からその役を買って出た方がマシ。

ふと、そんなことを思って。桜坂は、

(…………)

いつのまにか、どっぷり、尚人にハマってしまっている自分に気づいて。苦虫を噛《か》み潰《つぶ》したような顔つきになった。

そんなことをつらつらと考えているときに。まるで、胸の内を見透かすかのようなタイミングで、いきなり、中野が爆弾発言をカマしてくれたのだ。

ドキリ……とした。

啞然とした。

そして。なぜか、無性に腹が立った。

(なぁにが、ナマ眼福だ)

――で。つい、クラスメイトの前で『鞄』の所有権を主張するハメになった。

その結果が、先ほどの、中野の『ニンマリ』だ。

(――サイアク)

結局。中野は中野で、久々の尚人の登校でぎくしゃくとしたクラスの雰囲気をおもいっきり引っ掻き回して、目には見えない『壁』を取り払ってしまいたかったのかもしれない。

(中野も、けっこうハマっちまってる……って、ことなのか？)

ダシにされたことは、別になんとも思わなかったが。ただ、中野の思惑通りに事が運ぶのは気に入らない。

そう思って、中野を睨んだ――そのとき。

タイミングがいいのか、悪いのか。朝のＨＲを告げるチャイムが鳴った。

§§§§　§§§§　§§§§　§§§§

そのバーは、繁華街の表通りを一本外した裏通りにあった。

何の変哲もないテナントビルの地下一階。

だが。看板も何もないそこがバーだと知る者は、少ない。ひっそりと静まり返った階段を下りてそのドアを叩《たた》くのは、ほとんどが顔馴染《なじ》みの常連客だ。

店の中は、けっこう狭い。

ボックス席が四つ。スツールが五脚並んだカウンター。

店を切り盛りしているのは、年齢不詳の、不精髭《ぶしょうひげ》の渋いバーテンダーだ。

すでに、トレードマークになってしまっている黒のTシャツから覗く剝《む》き出しの太い二の腕はみっちりと筋肉質で、昔——いや、今も現役で何か格闘技をやっているのではないかという噂《うわさ》だが。誰も、それを本人に確かめてみたことはない。

そんなものだから。カウンターの中で無愛想にシェーカーを振っているよりも、その強面《こわもて》ぶりを活かした店の用心棒という役どころの方がはるかに似合っていると。口には出さないだけで、常連客の誰もがそう思っている。

午後の十一時近く。

雅紀が、そのドアを開けて入ってくると。カウンターの一番奥で人待ち顔でタバコを吸っていた男——いや、男と呼ぶにはずいぶんと中性的な容貌《ようぼう》の青年《ビジン》がわずかに視線を向けた。

そして、すぐさま自分のグラスを持って。カウンター横の、入り口からはちょうど死角になる最奥のボックス席へと雅紀を促した。

そこは。店が満席になっても誰も座る者がいない。オーナー特権の予約席だと、誰もが知っているからだ。

だが。青年が雅紀をともなって腰を据えても、常連客たちは誰も驚かない。もうずいぶん前から、そこがこの店での雅紀の指定席になっていることを、皆が知っていたからである。

「ずいぶんと派手に叩かれてるな。さすがのおまえも、少しはマイってる…ってとこ？」

そう言ってニヤリと笑ったのは、雅紀の高校時代の同級生《クラスメイト》だ。

桐原和音《きりはらかずね》という。

瀧芙《そうぶ》高校は、県下に……いや、全国にその名前を知られたインターハイ常連の武道校だ。雅紀は剣道だったが、桐原は合気道をやる。

小柄で細身だが。その分、技の切れ味は鋭く。自分よりもデカイ男たちを軽々と投げ飛ばす様は、ある種、壮観ですらある。

しかも。見かけは一見、清楚《せいそ》な美人系だが。中身は、歯切れのよい口調で相手をやり込める辛辣《しんらつ》な毒舌魔だ。

それで、付いた渾名《あだな》が『瀧芙の夜叉《やしゃ》姫』。

だが。辛辣なのは何も口ばかりではないことを、かつての同窓の者たちはよく知っている。

顔に似合わず、とにかく血の気が多いことで有名だったのだ。

「ちょっと、新しい関節技を試してみたくて……」

「だって、カワイイ女の子がブッサイクなヤンキーに絡まれてるのに、黙って見過ごしになんかできねーよ」

「ケンカじゃねーよ。ただ、軽くハタいただけだって」

取って付けたような言い訳は、数知れず。

見かけに騙《だま》されて、あるいは、辛辣な挑発にまんまとノセられて因縁《いんねん》を吹っかけてくるような輩《やから》を相手に、嬉々として『シメて・キメて・オトす』クセ者なのだった。

にもかかわらず。下僕志願の男は後を絶たない——などと、まことしやかに囁かれていたりもした。

それがただの有名税《うわさ》ではないことを知っているのは、雅紀をはじめ、ごく親しい友人たちだけだ。

そんなものだから。当然、父親の不倫に始まる篠宮家の一連のスキャンダルに関しては、ごく核心に近い部分まで知っている桐原ではあるが。

「…なわけ、ないか。今更過去をほじくり返されてもヤセ細るようなタマじゃないしな」

相変わらず、歯に衣を着せない。

「——で？　親父《おやじ》さんの方はどうよ？」

「相変わらずのワンパターンだ」

「ふーん……。懲りないねぇ、親父さんも。そんなに『家』に執着があるんなら、最初にきっちりケジメつけときゃよかったのにな」

「オフクロが死んで、さすがに良心が咎《とが》めたのか、一時《いっとき》は鳴りを潜めてたけどな。このところまた、権利書を寄越せってガウガウ吠《ほ》えまくってる。大方、どこかで借金でも作って、首が回らなくなってんじゃないか？」

まるで他人事のような口調で冷たく言い放って、雅紀はグラスを干す。

実際。堂森《どうもり》の叔父《おじ》がポロリともらしたところによると。祖父に借金を申し込んで、きっぱり断られたらしい。

かつての不倫騒動で、父親は、堂森の祖父から勘当絶縁を食らっていた。その祖父に頭を下げてまで借金を申し込む。そこに、何かしら切羽詰まった心情《モノ》が窺《うかが》えるが。雅紀は、自分たちを捨てていった父親の末路がどうなろうと、まったく関心がなかった。

あの家は。自分たちに対する正当な慰謝料だと、雅紀は思っている。

もしも。万が一、あの家を父親に引き渡すくらいなら。いっそ、赤の他人に売ってしまった方がよっぽど清々する。

いや。実際。一度は、それも真剣に考えたのだ。

その頃、雅紀にとって『家』とは。家族の思い出が染みついた掛け替えのない場所——というよりはむしろ、母親との禁忌に縛られた枷《かせ》でもあり、いっそのこと、すべてのしがらみを捨てて新たに出直すのもいいのではないかと。そう思ったからだ。

だが。

あのとき……。

「この家を出て、俺は……どこに行けばいいわけ？　堂森のじいちゃんも加門《かもん》のじいちゃんたちも、欲しがってるのはおまえだけで、俺じゃない。俺が必要とされてるのは、この家だけ……だろ？　だから、俺は——どこにも行かない。沙也《さや》姉がこの家を捨てていっても、おまえが堂森のじいちゃんトコに行っても、俺はずっと、ここにいる。雅紀兄さんが俺のこといらなくなっても、俺は……この家にいる」

今まで見たこともないような真摯な顔つきで、尚人が、そう言った。

その瞬間。

雅紀は。

久々に、上段から必殺の面を喰《く》らったような気がして……。頭の芯までビリビリ痺《しび》れるような錯覚に、しばし言葉も出なかった。

尚人がそんなふうに思い詰めていたなんて、まったく考えもつかなかったのだ。

その頃にはもう、雅紀は、尚人《おとうと》に対する醜悪な劣情を持て余していて。何も知らずに慕ってくる尚人を見ているのも辛く、それ以上に、邪な情欲で尚人を穢《けが》すのが怖くて……。故意に冷たく突き放し、あまり家にも帰らなかった。

そのことが、逆に、あんなにも尚人を傷つけ追い詰めていたとは……。雅紀は、思いもしなかったのだ。

そして。

「俺……高校まで行かせてもらえれば、それでいいから。そしたら、あとは、どこでだって、ちゃんと一人でやれるし。いつまでも、雅紀兄さんにパラサイトするつもりなんか、ないってば」

尚人の決意がそこまで固まっているのを知らされたとき。雅紀は、背筋に冷水を浴びせかけられたような気がして、立ち竦《すく》んでしまったのだ。

高校を卒業したら、尚人が自分の元から離れていく？

その、遠くない現実を眼前に突きつけられて、雅紀は絶句した。

血の繋《つな》がった弟を穢すのが怖くて、だから、必死になって尚人を遠ざけようとしたのは自分だった。なのに。いざ、尚人の口からそれを聴かされると、目の前が真っ暗になった。

もし。これで篠宮の家がなくなってしまったら……。

そしたら、尚人は、高校卒業と言わず、すぐにでも自分の元から去っていってしまうのではないか？

それを思うと、心底ゾッとした。

そのときからだ。本当の意味で、雅紀が『家』に執着しはじめたのは。

そして。

——今。

尚人の身も心も搦め取って番《つが》うことのできる篠宮の家は、雅紀にとって、なくてはならない『聖域』になった。

そんな大事な居場所をあんな極道な父親になんか、奪われたくない。そう、思っている。

「まっ、今は、若い愛人にトチ狂って妻を死に追いやった挙げ句、子どもの養育も放棄した極悪人呼ばわりされて、それどころじゃないだろうけどな」

活字による暴力《レイプ》——とは、まさに、このことを言うのだろう。

尚人への暴行事件から端を発した、思いがけないスキャンダル。それは、雅紀の『有名税』というには、過去の疵《きず》を無神経に抉《えぐ》り出すような最悪なものだったが。

事実は事実として。読者の購買意欲を更にそそるためには、多少の誇張も脚色も必要悪でしかない。——みたいなスキャンダラスな報じられ方をされても、雅紀は一切、否定も肯定もしなかった。

そのことで過去の疵がまったく疼《うず》かないと言えば、嘘になるが。それと引き換えにして、自分たちからすべてを奪っていった父親と愛人の背中を斬りつけてやることができるのなら、それでもいいと思ったのだ。

だから。桐原が、上目遣いで、

「おまえさぁ。自分の肉を斬らせても親父さんの顔面を殴りつけることができれば、それでもかまわない……とか思ってるだろ？」

意味ありげにグラスの縁を舐《な》めたとき。

「一方的にツケが貯まってんだぜ。そんなの、不公平だろ？　だったら、あるものを有効に活用しない手はないだろうが」

冷然とその目を見返した。

あのとき。

高校生だった雅紀は。自分たちの意志よりも周りの大人の論理が優先される理不尽《さま》を、ギリギリと歯軋《はぎし》りしながら横目で眺めているしかなかった。

そんな、ただの非力な未成年《ガキ》でしかないのだと痛感させられた。

どんなに腸《はらわた》が煮えくり返っても、自分たちを虫けらのように捨てていった父親を殴りつけることさえできなかった。

だが——今は、違う。

やろうと思えば何でもできるし、その覚悟もある。

あの日。

突然——母が死んで。張り詰めていたものがプッツリ切れてしまったとき。雅紀は、身体の一部にぽっかり穴が開いてしまったような喪失感がどうしても埋まらなくて。

それなら。

いっそ。自分たちをこんな目に遭わせた父親を刺し殺して、自分も死んでやろうか——などと捨て鉢になったことがあった。

父親《あいつ》をナイフで滅多突きにして、悲鳴を上げて許しを請うまでその肉を容赦なく抉ってやったら、身体に巣くう寂寥《せきりょう》感が少しは晴れるだろうか——と。

それをしなかったのは、尚人と裕太がいたからだ。

今でさえ半端ではない問題を抱えているのに、これでもし、自分が父親殺しの殺人犯になってしまったら、弟たちは……どうなる？

尚人の寝顔を見ながらそれを思うと、パッタリ、憑《つ》き物が落ちてしまった。

ましてや。尚人を自分のモノにしてしまってからは。父親とその愛人がどうなろうが、そんなものはまったく眼中にもなくなってしまった。

そこへ。いきなり降って湧いたような、今回のスキャンダル騒ぎだ。

雅紀にしてみれば。今となっては、父親と刺し違えるつもりなどさらさらなかったが。

それでも。

世間が、興味本位で自分たちのプライベートを丸裸にするというなら。セカンドレイプされるその痛みを、今度は、父親にこそ存分に味わわせてやりたかった。

以前。いつもの泥沼の水掛け論の最中、父親が、

「何も関係のない瑞希《みずき》に、よけいなことを吹き込んだのは、おまえだろッ？　いくら私たちが憎いからって、卑劣なマネはするなッ！」

そんなふうに激昂したことがあった。

雅紀には、それが何のことかわからなかったが。我が子には酷薄な仕打ちをしても平然としていられる男が、愛人の妹を気遣っているという現実を目の当たりにして、さすがに、不快感がじっとりと喉を締めつけるのを感じた。

すべてがスキャンダラスに暴かれてしまった、今。その彼女も。『雅紀たち家族を不幸のドン底に叩き落としていながら平然と暮らしている悪女』の妹として、世間の曝し者になっているらしい。

が――雅紀は。それが可哀想《かわいそう》だとは、微塵《みじん》も思わなかった。

と、いうより。この先、そんな赤の他人の人生がどうなろうと、何の興味も関心もなかったのだ。

「おまえは、それでいいかもしんないけど。妹とか弟は、どうよ?」

「妹とは、もうずいぶん会ってない…っていうか、絶縁状態だからな。あいつがどう思ってるかなんて、わからない」

加門の祖母の話だと。沙也加《さやか》は。今春、無事大学に合格して、元気にやっているらしい。

母親の死後、げっそり窶《やつ》れて面変わりしてしまった沙也加を心配して。祖母は、なんとか沙也加を元気づけてやってくれと、事あるごとに雅紀に連絡を寄越したが。そのうち、兄妹間でどうにも埋めがたい亀裂ができてしまったことを感じ取ったのか、何も言わなくなってしまった。

それから、四年が過ぎて。もうそろそろ、どちらかが折れてもいい頃ではないかと。このところ、またポツポツと篠宮の家に電話をかけてくる。

もっとも。その愚痴を聴くのは、いつも尚人で。雅紀は仕事が忙しくなったのにかこつけて、何の連絡も入れていない。

どうやら、祖母は、篠宮の家からたった一人弾かれてしまった感のある沙也加が不憫《ふびん》でしょうがないらしい。

だが、雅紀は。

沙也加が最後の最後に投げつけた、

「お母さんなんか死んでしまえばいいのよッ！」

あの言葉がある限り。この先、自分と沙也加の人生が再び交錯することはないだろうと思っている。

だから。沙也加は沙也加で、自分の好きなようにやればいいと思うし。今回のスキャンダル騒ぎを沙也加がどう考えているのかもわからない。

たとえ、それで、沙也加が傷つくようなことがあっても。雅紀が沙也加にしてやれることは何もない。

それは。今回のことでは、少なからず被害のとばっちりを被っているらしい加門と堂森の祖父母に対しても同じことが言えた。

特に。堂森の祖父は自分の息子の不始末を詳細に書き立てられてすこぶる肩身の狭い思いをしているらしく、名誉毀損《きそん》で訴えてやると息巻いている。

——が。

そんなことをしても火に油を注ぐだけで、何の意味もない。雅紀がそれを言うと。

どうやっても怒りが収まらないらしい祖父は。今、自分たちが理不尽な世間の曝し者になっているのは、尚人への暴行事件が発端になっていることを愚痴り。まるで、すべての元凶が尚人のせいであるかのようなことまで口にした。

そのときばかりは、さすがの雅紀もキレて、

「それを言うなら、諸悪の根源はあの人でしょう？　ナオのせいにしないでください。それでなくてもナオは、下手をすれば命に関わることになっていたかもしれないのに……。不愉快です」

きっぱり言い切った。

だが。孫に諌《いさ》められて、かえって激昂してしまった祖父は。顔面を朱に染めて、雅紀に『二度と家《ウチ》の敷居は跨《また》ぐなッ！』とまで言い渡した。

そのことで堂森の家と縁が切れてしまっても、それはそれで、雅紀はいっこうにかまわなかったが。

その後。祖母が、あれはただ口が滑っただけで祖父の本心ではない——と、執り成しの電話を入れてきた。

しかし。つい口が滑ったということは、裏を返せば、普段から頭の片隅でそんなふうに思っていたことの証《あかし》でもある。もしも、襲われたのが尚人ではなく裕太だったら、祖父は絶対、あんなふうな言い方はしなかっただろう。

それを思うと。雅紀は。堂森の祖父の裕太に対する露骨すぎるほどの偏愛ぶりに、つい、父親のそれを重ね見て。今更のように、なんとも知れぬ不快な気分になった。

「特に尚クンなんか、あんなことがあったばっかで、ショックも倍増しっていうか……。踏んだり蹴ったりもいいトコじゃねーの？」

「人の噂も七十五日——だとさ」

「……は？」

「あれで、腹が決まってしまえば、あいつもけっこう……頑固だからな。いつまでも閉じ込もっていられないって、今日から学校に行った」

「——マジか？」

「あぁ……」

「でも、足は？　まだ松葉杖なんだろ？」

「登下校は、俺が車で送り迎えすることにした」

すると。桐原は、これ見よがしにどっぷり深々とため息を吐いた。

「おまえって、つくづく、悪党だよなぁ。スキャンダル真っ最中なのに、火に、どばどばガソリンぶっかけてどうするよ?」

「なんでも、最初の一発目が肝心だからな。四の五の言う前に、こっちから、とっとと回し蹴りをくらわしてしまった方が手っ取り早いだろ?」

「そういうのを、極めつけのエゴイストって言うんだよ」

「エゴでもなんでもいいさ。俺にとっては大事なのはナオだけで、周りが好き勝手に何をほざこうが、今更、別にどうでもいいしな」

「まっ、そりゃそうだ」

そう言って、桐原はグイッと一気にグラスを干した。

「自分のケツは、自分で拭《ふ》く。そんなこともできねーバカは、やっぱ、自分の吐いたゲロを食うしかないもんな」

何やかやと言いながらも、そこらあたり、桐原はシビアだった。

「それはそうと、例の暴行魔、芋づる式に捕まったって?」

「……あぁ」

「やることはきっちり凶悪なのに、えらく簡単に落ちすぎ……つーか、タレコミでもあったわけ?」

「自分だけ損をするのは割に合わない——とか思ってるらしいぜ」

「…ったく。最悪なガキどもだな」

親のスネを齧《かじ》ってやりたい放題だったクズどもは、口ではなんだかんだ言いながら、一人がゲロると、自分だけ損をするのは割に合わないと思ったのか。あとはなし崩しの芋づる状態で捕まった。

しかも。他人をいたぶることでしか己の価値観を見出せない奴らは、今のところ、何の反省も見られない——らしい。

『あれは。暇潰しの、ただのゲームだ』

奴らは、そんなふうにうそぶいているのだという。

『誰も死んでねーんだから、それでいいじゃん』

未成年であれば、何をやっても大した罪にはならないと思っているのか。

それとも。人間として、決定的に何かが欠落しているのか。

この先の人生。その傲慢《ごうまん》のツケをたっぷり払わされることなど、何も考えてないのかもしれない。

こんな奴らの餌食《えじき》にされた被害者《しょうねん》たちとその家族は、それこそ、腸が煮えくり返る思いだろう。

「で、もって。そいつらの名前も顔も全部、ネットで流れたんだろ？」

「……らしいな」

「ざまーみやがれって、感じ？」

「……どうだかな」

「けど、おまえ、ケッコー過激な発言ぶちカマしてたじゃねーか」

「思ったことを、そのまま口にしただけだ」

「だからぁ。おまえがその顔でビシッと吐き捨てるだけで、バカなコメンテーターをブッた斬りにするくらい、ものすげぇインパクトがあるんだよ。織田《おだ》なんか『まぁた、世間様に堂々とケンカ吹っかけやがって』とか、深々とため息ついてたぜ」

連続暴行をただのゲームだと言い切ったクズどもに対する、世間の拒絶反応《アレルギー》は顕著だった。

そして。暴行ゲームに加わった奴らの名前も顔も、そして、そんなクズを野放しにしておいた親も同罪だと、その氏名はおろか家族構成、果ては父親の勤務先まで記載された情報がネット上で流されたのだった。それは、人権に関わる由々《ゆゆ》しき問題だと、すぐに削除されたらしいが。

そのことで。奴らの家族が世間の非難を浴びて肩身の狭い思いをしようが、それによって家族がどんなふうに崩壊しようが。雅紀は、そんなことは別にどうでもよかった。

だから。被害者の身内として、その感想を求められたとき。自身のプライバシーがスキャンダラスに報じられてからは一切黙殺状態だった雅紀は、マイクを突きつけたマスコミへの痛烈

な批判を込めて、

「被害者の人権と、その家族を含めたプライバシーが『知る権利』とやらで丸裸にされるのなら、加害者側も同等であるべきなのでは？　それで彼らが何らかの不利益を被るのだとしたら、それは、あなたたちの報道姿勢に問題があるんじゃないですか？」

冷たくバッサリと斬って捨てた。

もっとも。それはそれで、更なる物議を醸し出したが。何をどう叩かれても、雅紀は、その論議に再び参戦することはなかった。

対岸の火事を眺めているだけの連中がしたり顔で青くさい正論を吐きまくるのには、虫酸《むしず》が走る。ただ、それだけだった。

「まっ、おまえは、昔っから『ヤルときゃ、とことんヤルぜ』――の確信犯だからなぁ」

「それって……。おまえにだけは言われたくない台詞だよな」

「なぁに、言ってやがんだよ。おまえのその鋼鉄の心臓に比べりゃ、俺のなんて毛が生えてる程度じゃねーか」

一言口にすれば、その三倍返しになってガンガン突っ込んでくる桐原相手では、さすがの雅紀も口数が少なくなる。

だが。それが少しも負担にならないどころか、こうやって顔を突き合わせているだけで、高《あ》校時代《のころ》の自分に戻れる数少ない瞬間であることを、雅紀は知っていた。

「——で？　今日は、何だ？」

「へ……？」

「だから。いったい何の用で、このクソ忙しいときにわざわざ呼び出しをかけてきやがったのかって、聞いてるんだよ」

「あー……。実は、今度のクラス会の幹事、俺とおまえになったから。その打ち合わせをしようと思って」

瞬間。雅紀のこめかみが、ピクリと痙《ひきつ》った。

するとお。桐原は、

「……そんな話、聞いてないぞ」

「バッカだなぁ。そんなもん、事前におまえに振ったら、絶対断られるに決まってんじゃん。だから、だよ」

つまみのピーナッツをバリバリ嚙み砕きながら、

「ほら、このところ中弛《なかだる》みっていうか……出席率も落ちてるし。だから、ここらで一発カツを入れとこうって、九鬼《くき》の奴が言うもんで。だったら、やっぱ、目玉は篠宮だよなって。そしたら、海棠《かいどう》なんかも絶対来るだろうし。久々に賑やかになるよな？」

ケラケラと笑った。

《＊＊＊　絆　＊＊＊》

このところ、裕太《ゆうた》の朝の目覚めは早い。

その日も。やけにスッキリとした気分で目が覚めて、ふと、時計を見ると。まだ――六時半だった。

（……マジ？）

さすがにビックリして。何かの間違いではなかろうかと、裕太は、思わずまじまじと時計を凝視してしまった。

雅紀《まさき》は、どうだか知らないが。今週から、また自転車で通学しはじめた尚人《なおと》は、すでに出かけてしまったのだろう。家の中はいつもと変わりなく、ひっそりと静まり返っていた。

尚人が退院してからこっち、捻挫《ねんざ》の痛みも取れないうちは二階の自室に上がり下りするのも大変だからというので、一階の部屋で寝起きをするようになった。

勉強するときは、昔、父親が使っていた書斎でやっており。尚人が生活のすべてを一階部分で済ませてしまうため、必然的に雅紀の生息範囲も限定され、二階はいつもひっそりと静かだった。

そんなものだから。裕太にしてみれば、耳障りな淫声《そうおん》を聴かされることもなく、何の気兼ねもなく安心して熟睡できるためか、このところ、いつも目が覚めるのは早かった。

とはいえ。

一見、捻挫以外、すっかり元気を取り戻したかのように見える尚人が。その実、根深い問題を抱え込んでいることを裕太は知ってしまった。

夜。尚人は、時々うなされている。

うっそりと暗い階下から聞こえる、その呻《うめ》き声を初めて耳にしたとき。

裕太は。

だから、また、いつものアレかと思ったのだ。

(…ったく。退院した早々、サカってんじゃねーよッ)

深々と眉間《みけん》に縦ジワを刻んで、吐き捨てる。

そして。冷蔵庫からミネラルウォーターのペットボトルを取り出して、そのまま足早に自室に戻ろうとした──そのとき。

「う…あぁぁぁッ」

突然、悲鳴が上がって。裕太はギョッとした。

いつものよがり声とは質の違う奇声《トーン》に、裕太は、その場で立ち竦《すく》む。

(な…に？　なん…だよ？)

もしかして……。雅紀が尚人に、何か──ＳＭプレイ紛《まが》いのことを強制しているのではないかと。一瞬、そんなふうにも思えて。

足音を忍ばせつつ、ぎくしゃくと、そのドアの前まで歩み寄る。

その間にも、尚人はえずくようなくぐもった声で呻き続けて……。

(雅紀にーちゃん……何、やってんだよぉぉ)

このまま放っておくと、尚人が壊れてしまうのではないかとさえ思えて。

(どう…しよう)

——どうする?

裕太はドアのノブをギュッとつかんだまま、ギリギリと唇を噛《か》み締めた。

そして。尚人の呻き声が一向に止みそうにないのを知ると、思いきって、荒々しくドアを全開にした。

だが。

そんな裕太の視界に飛び込んできたのは。

「…ッ!」

頭の中でグルグル思い描いていたような卑猥《ひわい》な光景ではなく。まるでパニックを起こしたように身体を痙《ひきつ》らせて呻く尚人を抱きしめたまま、必死で宥《なだ》めている雅紀の姿だった。

「ナオ……大丈夫だ。怖くない。大丈夫……」

雅紀は。ドアのノブを握り締めたまま呆然《ぼうぜん》絶句している裕太に気づくと、鋭く言い放った。

「裕太——水ッ。水、持ってこい」

 それで、あわててキッチンに戻りかけて、手にしているのがペットボトルだと気づき。バタバタと駆け寄って、それを雅紀に手渡した。

——と、雅紀は。受け取りざま、タンスを顎《あご》でしゃくった。

「右の引き出し。薬入ってるから。赤い袋のやつ、二錠、寄越せ」

言われるまま、裕太がそれを渡すと。

雅紀は、瘧《おこり》のように震えてしがみつく尚人の口に薬を捻《ねじ》り込み、口移しで水を注ぎ込んで嚥《えん》下《か》させた。

初めは。まるで咬《か》みつくように、強引に。

それこそ。食いしばった歯列をこじ開けて、無理やり水を注ぎ込むかのように。

そして。

二度。

三度……と。

尚人の唇の震えが収まるまで、口移しで水を与え続けた。

それは、卑猥で扇情的な色など微塵《みじん》もなく。それどころか、まるで厳粛な儀式か何かのようにひどく禁欲的ですらあった。

裕太は瞬きもせず、息を詰めて、じっと凝視し続けた。その様を。

尚人の額にも、首筋にも、びっちりと汗が噴き出ている。それをタオルで拭《ぬぐ》い、

「いい子だ、ナオ……。大丈夫。もう……怖くない」

何度も髪を撫《な》で、背中をゆったりとさすりながら雅紀が囁《ささや》く。

そうすると。荒く途切れがちだった尚人の呼吸がスーッと収まり、雅紀の腕の中で、くったりと尚人の頭が落ちた。

雅紀が、目に見えてホッと安堵《あんど》のため息をもらしたのがわかる。

そして。尚人をベッドに寝かせると、無言のまま、目で裕太を促して部屋のドアを静かに閉めた。

顔をこわばらせたまま、裕太はぎくしゃくとした足取りで雅紀のあとをついていく。

その広い背中が、何か、ひどく物騒なものを醸し出しているようで。知らず、裕太はコクリと生唾《なまつば》を飲み込んだ。

そうして、リビングまで来ると。雅紀は、いきなり、ソファーを蹴りつけ、

「…っそー……。あのクソ野郎、やっぱり、あのとき——殴り殺しとけばよかった」

思わずギョッとするようなことをつぶやいた。

「もう、出なくなったから、大丈夫だと思ってたのに……」

まるで、ギシギシと奥歯が軋《きし》るようなつぶやきだった。

雅紀は一度も裕太を振り返ることなく、どっかりとソファーに背もたれると。険しい顔つき

でタバコに火をつけた。まるで、不穏に昂ぶり上がった苛立《いらだ》ちを無理やり抑え込もうとするかのように。

初めて、見る。いつも冷然とした雅紀の、そんな感情の剥《む》き出しになった顔は。

そして——知る。雅紀にそんな顔をさせているのが、あの尚人なのだと。

すると。覚えのある、ささくれた疎外感が急にムクムクともたげてきて。裕太は、ギュッと唇を噛み締めた。

居心地の悪い、沈黙。

ここまで裕太を促しておきながら、雅紀は何の説明もしない。とうとう焦《じ》れて、

「雅紀にーちゃん」

裕太が先に口火を切る。

「ナオちゃんの、あれ……何？」

——と。

「例の暴行事件のショックと恐怖がブリ返して、ときどき、パニくるんだよ」

こともなげに、そう言われて。裕太は、束の間、言葉を失う。

ショックと——恐怖？

ひどく心配させられたわりには、ほかの被害者に比べて軽傷だったたし。だから、まさか……

そんなことになっているとは、まったく思いもしなかった。

「身体の疵《きず》は縫っちまえば、とりあえずは塞《ふさ》がるけどな。だけど、心ってのは——そんなに簡単なモンじゃないだろ？　実際、まだ、一月《ひとつき》も経ってないわけだしな」

そんなふうに訳知り顔で語る雅紀は、すでに、いつもの見慣れた雅紀だった。

その切り替えの早さに、さっき、一瞬垣間見たものがまるで嘘《うそ》か冗談だったようにも思えて。何やら、口の中が苦いものであふれ返った。

だから。つい。その疵を無神経にザックリ抉《えぐ》りかけたのは、もしかしたら、無理やりセックスに及ぼうとしたからではないか？　——などと。憎まれ口を叩《たた》きたくなった。

もっとも。ここ二、三年まともに口をきいたこともなかった雅紀相手に、さすがの裕太も、そこまで明け透けなことが言えるはずもなく。しかも、裕太の気のせいでなければ、今の雅紀の機嫌は最悪なようだった。

それでも。あんなものを見てしまっては、いくら裕太だって尚人のことを心配しないわけにはいかなくなって。

「そんなんで……学校に行かせて、大丈夫なのかよ？」

「家でじっとしてるより、気を紛らすものがあった方がいいんじゃないか？」

「いまだにスキャンダル騒ぎがくすぶったままなのに？　そっちの方が、よっぽどストレスが溜まるんじゃねーの？」

「何がストレスになるのかは、人それぞれ……だろ？」

「そりゃあ、ナオちゃんは勉強大好き人間だけど……」

言いかけて。ふと、思った。

もしかしたら……。尚人にとって、この家にいることの方が一番のストレスなのかもしれないと。

沙也加《さやか》が篠宮《しのみや》の家を出ていってから、ずっと、尚人が一家の主婦代わりだ。その家には、何の役にも立たない引きこもりの弟《クソガキ》がいて。しかも、雅紀のセックスの相手までさせられている。

(そんなんだったら、やっぱ、学校に行って勉強してる方がよっぽど楽しい——のか?)

裕太は、今まで。尚人が一日も休まずに通学しているのは、ただの『いい子ブリッ子』なのだと思っていた。

しかし。本当は、ただ家にいるのが居たたまれないだけだったりして……とか思うと。なんだか、とたんに、自分一人だけが我が家のお荷物になってしまったようで。今更のように胸の奥がズキリとした。

この家では、雅紀と尚人の二人だけが向き合っているのだ。

それが証拠に。雅紀は、尚人の精神的後遺症の話はしたが。裕太が聞かなければ、雅紀は何も教えてくれなかっただろうことは明白で。しかも。裕太に、自分がいないときは尚人の様子を見ていろ——とは、ただの一言も口にしない。

それは、裕太を信用してない……云々《うんぬん》と言うより、そんな尚人を人任せにはしたくないという、雅紀の強すぎる想いなのだろう。

裕太はそこに、雅紀の、尚人に対する半端でない執着心を見たような気がしたのだった。

ほんのガキの頃から、尚人が筋金入りのブラコンなのは一目瞭然だった。だが、雅紀までもがそうだったとは……。思いもしなかったのだ。

もしかして。雅紀にとって、尚人は、ただの性欲の捌《は》け口——なのではないのか？

越えるか。

——踏み止まるか。

それは、単なる『線引き』だと思っていた。

だが。そうではなく。

獲《と》るか。

——捨てるか。

実の弟でも性欲の対象になりうるのだというケダモノの兄は、そうやって、尚人と裕太を明確に選別しているのだと知った。

だから。思わず、

「なんで——ナオちゃんなわけ？」

それが、口を衝《つ》いた。

「お母さんとセックスしてるのがナオちゃんにバレたとき、雅紀にーちゃんさ、どうせ舌先三寸でいいように丸め込んだんだろ？　なのに、なんで、お姉ちゃんのときは——そうしなかったわけ？」

聞きたくて……。

「同じブラコンなら、誰が見ても、お姉ちゃんの方がすっごい露骨で根性入りまくりじゃん。雅紀にーちゃんのためなら、お姉ちゃん、自分にウソついてでも騙《だま》くらかされてやったんじゃないの？　それなのに、どうしてナオちゃんだけ引き摺《ず》り込んで、お姉ちゃんの手はあっさり離しちゃったわけ？」

けれど。今までは、どうしても聞けなかったこと……。

「お姉ちゃん、さぁ。ほんとは、雅紀にーちゃんに、身体張ってでも引き留めてほしかったんじゃないの？　そしたら、お姉ちゃん、お母さんのこと……許せたかもしんないじゃん。そしたら、お母さんだって……死ななくてもすんだかもしれない」

その疑問が、堰《せき》を切ったようにあふれ出す。

すると。雅紀は一息深々とタバコを吸って、返す目でゆったり——裕太を見据えた。

「俺が沙也加に何も弁解しなかったのは、そういうことを、一から十までくどくど説明するのが面倒くさかったからだよ。まぁ、あの瞬間、沙也加の真っ青に痙った顔を見た瞬間、あー、こりゃダメだ——と思ったのも、事実だったがな。女だから、どうしても許せないことって……あるだろ？」

「なら、ナオちゃんは、どうなのさ？」

そして。一瞬、わずかに目を細めると、

「沙也加と違って、ナオは『ウブなお子様』だったからな。俺が誰にも言うなと言えば、ナオは、絶対言わない。だから……だよ」

ひどく淡々とそう言った。

だから。

裕太は。

そういう雅紀の冷然としたポーズをおもうさま掻《か》き毟《むし》ってやりたくなったのだ。

「だから——言われた通りにイイ子で黙ってたご褒美《ほうび》に、雅紀にーちゃんは、ナオちゃんを抱いてやってるわけ？」

それで、少しでも雅紀の本音を知ることができれば憎まれてもいい。そう思ったのだ。

「なんで、ナオちゃんなんだよ？」

今——この機を逃したら、これから先、雅紀の口をこじ開けるチャンスなんて永久に巡ってこない。そんな気がしたのだった。

「雅紀にーちゃん、すっごい女タラシじゃん。セックスの相手なんか、それこそ、腐るほどいるんだろ？　なのに、なんで、男のナオちゃんにまで突っ込みたがるわけ？　お母さんの身代わりにするなら、別にナオちゃんでなくても……お姉ちゃんでもよかったんじゃないの？　もしかして——子どもとかできる心配しなくてもいいから、ナオちゃんにしたとか？」

——と、雅紀は。吸いかけのタバコを揉《も》み消すと、どったりと深くソファーに背もたれて、わずかに唇の端を吊《つ》り上げた。

「まさか……おまえとサシで、そういう話ができるようになるとは思わなかったよ。裕太、おまえ——俺が嫌いだろ？」

「キライだよ。だけど、そういう、なんでもお見通し……みたいな顔をして、あっさりそんなことを言う雅紀にーちゃんに頭っから無視されるのは、もっと腹が立つ」

とたん。まるで嫌がらせのように、雅紀は喉《のど》で笑った。

そして。

「十七で初体験ってのが早いのか、遅いのか……俺にはわからないが。初めての相手が自分の母親だっていうのは、そりゃあ、ヘビーでショッキングな経験だったさ。まぁ、今更、こんな言い訳してもしょうがないけどな」

まるで他人事のように、すんなりとそれを吐き出した。

「母さんとセックスしてたのは、確かに俺だが。母さんは、俺に抱かれていたなんて思ってなかった。俺はあくまで、親父《あいつ》の代用品だったからな」

「何、それ？」

「その頃、母さんは、もう……おかしくなってたんだよ。でなけりゃ、いくらなんでも、いきなり息子に乗っかってはこないだろうが」

そのこと自体、ひどく生々しい告白のはずなのに。雅紀があまりにも淡々と語りすぎるせいか、裕太には、いまいちピンとこなかった。それよりも、

「まっ、きっかけがどうであれ、一度『道』を踏み外してしまったら、あとは何度やったって同じ——とは思ったよ。だから、何もかも母さんのせいにするつもりはない」

いっそ白々しいまでに開き直ったその態度に、裕太はじっとり眉《まゆ》を寄せた。

「だからって、なんで、ナオちゃんなんだよ?」

「俺は母さんとヤってたけど、それに溺《おぼ》れてたわけじゃあない。沙也加はずっとあんなふうだから、俺には重すぎるし。おまえは、懐かないペットみたいで可愛《かわい》げがない」

「そんなこと言うなら、ナオちゃんだって、お姉ちゃんと同じじゃないかよ」

可愛げがないと言われて、思わずムッとして口を尖《とが》らせると。

「俺はな、裕太。ナオにしか発情しないんだよ」

あまりにもさらりと流されて、裕太は、パチクリと目を見開いた。

「は…はつじょー…って……」

「ヤルだけなら、どんな女とだってヤレる。別に、勃起《た》たないわけじゃないからな。だけど、どんな美人とセックスしても、気持ちがいいと思ったことはない。身体はイケイケ状態でも、

頭の芯が妙に冷めてるんだよ。ただ、溜まったものを絞り取って吐き出してるだけ……みたいな感じ。誰とヤってもそうだったから、だから、そういうもんかと思ってたんだよ。だけど、違ってた」

そう言う雅紀の片頬《かたほお》には、自嘲《じちょう》にも似たわずかな歪《ゆが》みが貼りついていた。

「ナオが無邪気に俺に笑いかけるだけで、ヒクヒク、脇腹が痙った。頭の中でナオを裸に剝いていいように弄《いじ》くり回してる自分に気がついたときには、さすがに……自分で自分が怖かったよ。五歳も年下の弟にマジでサカってる自分が本当のケダモノになったみたいで、ヤバイと思ったよ。だから——逃げた」

そう言われて。裕太は、ふと——思い出す。一時、雅紀がまったく家に寄りつかなくなっていたことを。

「だったら……なんで？」

「いいかげん、とことん煮詰まってたとこに酒が入って、ぐでんぐでんに酔っ払って、気がついたら……ナオを強姦《ごうかん》してた」

「……なッ！」

瞬間。裕太は、おもうさま横っ面を撲《は》られたような気がして言葉を失う。

いつでも余裕たっぷりなこの兄が、そこまで切羽詰まっていたのも驚きなら。この家で、そんな修羅場があったことなど、まったく気づかなかった自分の無関心ぶりを今更のように指摘されたようで……。裕太は、何も言葉にできなかった。

「まっ、そういうわけだ」

そういうわけ…って……。

（そんなんですべてを済ませちゃって——いいのかよ？）

「雅紀にーちゃん……。マジ——本気なの？」

「本気に決まってるだろ。弾みでナオを強姦するほど俺は暇じゃないし、実の兄弟でタブーを犯してることに縛られてるナオはけっこう強情だから、身体の関係があっても、俺はそんなに余裕があるわけでもない。…ていうか、けっこうみっともなくガッついてるんだよ」

さりげない口調で語るそれが偽らざる雅紀の本音なのだと、裕太はただ、雅紀を凝視することしかできない。

——と。何を思ったのか。雅紀は、そんな裕太の視線を双眼《そうがん》できっちり受け止めて、

「だから、裕太、おまえがこの家を出て行きたいって言うんなら、俺は止めない。が——この先、このままここで暮らす気があるんなら、いいかげん甘ったれるのはやめろ」

静かに、それを口にした。

「俺は。自分が歪んでいるのがわかってるから、おまえに、なんだかんだ……エラソーに説教するつもりはない。おまえは俺を嫌いかもしれないが。俺は、おまえが嫌いじゃないしな。でも——それだけだ。俺はナオと違って兄弟愛《ボランティアせいしん》にあふれてるわけじゃないし、生温い家族ご

っこをするつもりもない。スネて懐かないネコを放し飼いにしていつまでも飼ってやれるほど、俺は、お優しい人間じゃないんだよ。裕太。そこんトコ、よく覚えとけ」

それは。自分に与えられた最後の選択なのだろうと、裕太は思った。

篠宮の家を出ていくか、どうか――ではなく。裕太自身が変わらなければ、何も始まらない――のだと。雅紀が言っているのは、そういうことなのだろうと。

もし。このまま、裕太が何も変わらないとしたら。たぶん――いや、きっと、雅紀は本気で自分を切り捨てるつもりなのだろう。

今更、過去のスキャンダルが各方面に暴露されようと、そんなものは痛くも痒《かゆ》くもなかった裕太だが。そのことで、不意に、時限爆弾がセットされた砂時計を目の前に突きつけられたような気がして、裕太はキリキリと奥歯を軋らせた。

§§§§§　　§§§§§　　§§§§§　　§§§§§

午後の昼食時。

通りには、まばらな人影すらなかった。

それでも。篠宮慶輔《けいすけ》は、あたりを窺《うかが》うようにぐるりと視線をやって。半ば足早に、篠宮家の門扉をくぐった。

自分の家に帰るのに、何の遠慮があるものか。

——そう思いながらも。サングラス越しの視線はキョロキョロと落ち着きがなく、その足取りは自然と速くなる。

慶輔は、切羽詰まっていた。

好事魔多し——とは言うが。これまで一度も失敗したことのなかった株で大損をし、多額の借金を抱え込んだのだ。

とりあえず。あるだけ必死で金を掻き集めたが。それでも、まだ足りない。

恥を忍んで堂森《どうもり》の父に借金を申し込んだものの、きっぱり、拒絶された。

自分には大甘だった母の陰の援助を期待したが、やはり、それもダメだった。慶輔が愛人を作って妻や子を捨てていったため、お気に入りの孫たちとまですっかり疎遠になってしまったのが、よほどショックだったらしい。

それでも、まだ、なんとかなる——と、金策の当てを絞り込んでいた矢先。そこへ、まるでダブル・パンチのような突然のスキャンダルの嵐が吹き荒れて。慶輔の身辺事情は激変した。

不倫の果ての家族崩壊。

今の世の中。そんなことは、物珍しい事件ではない。

ましてや。慶輔にとって、それは。すでに決着済みの、過去の出来事であった。

今の自分には、新しい家族がいて。新しい生活がある。

なのに。今回、寝耳に水——のごとく、雅紀絡みでスキャンダラスに報じられた醜聞は。雅紀のそれが、お涙頂戴《ちょうだい》の『母親思いの孝行息子』の美談で語られるのとは対照的に、不倫の果てに家族を捨てて愛人のもとに走った慶輔は『極悪非道な父親』という役割が振られて、週刊誌上でもワイドショーでも徹底的《ヒステリック》に叩かれた。

そうすると。世間一般の目までが過剰に連鎖反応を起こして、その露骨で悪趣味な好奇の視線は、千里《ちさと》はおろか、その妹である瑞希《みずき》までをもスケープゴートにして糾弾《きゅうだん》し、天下の曝《さら》し者にしてしまった。

それまで、懇意に近所付き合いをしていた者ですら、何気ない言葉の陰に密《ひそ》やかな悪意を感じてしまうと。千里は、そう言って嘆いたが。あながち、それがすべて千里の被害妄想であるとは思えなかった。

今回のスキャンダル騒ぎで、一番の実害を被っているのは、もしかしたら、思春期の真っ只中にいる瑞希であったかもしれない。そのせいで瑞希は学校にも行けず、部屋に閉じ込もったままだ。

慶輔のところにも取材の申し込みが殺到したが。慶輔が何かを反論するたびに世論はますます嫌悪感を示すだけで、極悪非道の悪役ぶりに拍車がかかるだけだった。

名誉毀損《きそん》で訴えようにも、基本的に記事に出たことはすべて事実関係がはっきりしている以上、慶輔には何の勝ち目もない。

そのスキャンダルが出たことで、慶輔の金策はますます困難になった。

だから、慶輔は。今回のことは、雅紀の自分に対する逆襲ではないかと思っている。雅紀がマスコミを使って都合のいいように世間を扇動して、自分を叩き潰《つぶ》しにかかっているのではないか——と。

そんなわけで。いよいよ切羽詰まってしまった慶輔は、最後の頼みの綱である家の権利書を取り返そうとやってきたのだった。

半ばドキドキとしながら、およそ五年ぶりに我が家の玄関のドアの鍵を差し込む。

すると。鍵は、いとも容易《たやす》く、カチリと開いた。

§§§§　§§§§　§§§§　§§§§

そのとき。

裕太は。

だれもいない、ひっそりと静まり返っているはずの階下で。何か、物音が聞こえたような気がして。ふと、本のページを捲《めく》る手を止めた。

（……気のせいか？）

——が。しばらく耳を澄ましていると。今度は間違いなく、ガタガタと、何かを漁《あさ》るような音がした。

とたん。鼓動がドクンと跳ね上がった。

（ドロボー……？）

頭に浮かんだのは、そのことだ。

裕太はクローゼットの中から小学生のときに使っていたバットをそっと取り出すと、ギュッと握り締めた。

ドクン。ドクン——と。異様に大きく逸《はや》り出す鼓動を宥《なだ》めるように、一、二度深呼吸を繰り返して、自分の部屋を出る。

そっと……。

——静かに。

足音を忍ばせて、階段を下りる。

そして。あたりを窺いながら、ガサゴソと音のする方に歩いていった。

音は、書斎から聴こえた。

裕太は、もう一度、しっかりバットを握り直す。

書斎のドアを静かに開くと、男の背中が見えた。

男は、一番奥にある書棚の鍵をこじ開けようとしていた。

そのことに集中するあまり、裕太がドアを開けたのも気がつかないようだった。

「おいッ。おまえッ。何やってんだよッ」

裕太がそう叫ぶと。男の背中がビクリと凍りついた。

そうして。男が、ぎくしゃくと振り向いた。

——瞬間。

裕太は、愕然《がくぜん》と息を呑《の》んだ。

（…とぉ……さ……ん？）

男は——慶輔は、まるでコソ泥のような浅ましい姿を我が子に見咎《みとが》められて、さすがに動揺を隠せないのか。微《かす》かに蒼ざめた顔に取って付けたようなぎこちない笑みを貼りつかせて、

「裕太……大きくなったな」

妙にいがらっぽい声で、そう言った。

——いや。

驚愕と言うのなら。数年ぶりに父親の顔を見た裕太の方こそ、そのショックは桁外《けたはず》れであった。

ろうか。

そんな裕太を見て。慶輔は、これならば、うまく丸め込んでしまえる――とでも思ったのだ
(な……んで……)

「元気だったか?」

とたんに、ネコ撫で声で語りかける。

「どうしてるかと思って……ちょっと寄ってみたんだよ。ほら、最近、いろいろと大変だったようだから。お父さんも、その……気になってな」

もしかしたら。この家を出ていくまで、一番自分に懐いていた裕太を目の前にして、らしくもない郷愁がチクリ……と疼《うず》いたのかもしれない。

だが。裕太のこわばりついた表情は崩れなかった。

そのときまで、裕太は。自分たちを捨てていった父親に対する憤激も憎悪も、すでに枯れ果ててしまった――と思っていた。

だから。今回のスキャンダル騒ぎでどれほど露骨に周囲が盛り上がろうと、裕太にしてみれば変にうざったいだけで。その騒動がどっちへ転げようが、今更、何の興味もなかった。

なのに……。

まったく予想もしていなかった父親との突然の再会に、裕太は、なんとも言いようのない激情がフツフツと滾《たぎ》り上がるのを意識した。

『父サンハ、母サンヨリ……俺タチヨリモ好キナおんながデキタカラ、モウ、俺タチハイラナインダヨ』

『ソノおんなト、別ノ家デ暮ラス』

『ダカラ、コノ家ニハ二度ト戻ッテコナイ。ワカッタカ？』

あの日。

我が家に、突然の嵐が吹き荒れた日。

自分たち家族をゴミか何かのように捨てていった父親が、やけに親しげなネコ撫で声で、何かを言っている。

それだけで、ざわざわと鳥肌が立った。

ナゼ、ココニ、父親《コイツ》ガイルノダロウ。

それを思うと、吐き気すら込み上げてきそうだった。

そして。

「なぁ、裕太。書棚の鍵、知らないか？　大事な書類が入ってるんだが……」

慶輔がゆったりとした足取りで近づいてきた——瞬間。

裕太は。手にしたバットを振り上げて、慶輔に殴りかかった。

§§§§　§§§§　§§§§　§§§§

翔南《しようなん》高校、二年七組。

いつものように、五時限目の授業が滞りなく始まり。その後、しばらくして。

教室のドアが、あわただしくノックされた。

数学担当の藤田《ふじた》は、ドアのところで教頭と何やらボソボソと話していたが。不意に、振り返ると、

「篠宮ッ」

尚人を手招きした。

とたん。一気にクラスがざわついた。

このところ、尚人絡みでいろいろあったこともあり。また、何かよからぬことの前触れではないか——と。

尚人は、ゆったりとした足取りで歩いていく。もう松葉杖《まつばづえ》は必要ではなくなったが、さすがに、まだ走り回れるほどではない。

「あの……何かあったんでしょうか？」

藤田に促されて廊下に出た尚人は、わずかに顔を曇らせて教頭に問いかける。

「たった今、警察から連絡が入ってね。どうやら、君の家に泥棒が入ったようで、勝木《かつき》署の方に弟さんが保護されているらしい」

尚人は、ざっと蒼ざめる。

「幸い、怪我《けが》はなかったようなんだが……。とにかく、急いで支度をしなさい。吉永《よしなが》先生には話をしてあるからね。今日は、そのまま家に帰ってもかまわない」

「……はい。わかりました」

ぎくしゃくと頷《うなず》いて、尚人は教室に戻る。

(空き巣狙いの――ドロボー？)

なんだって、こう、次から次へと災厄が降りかかってくるのだろう……と、思う。

(勝木署…って、どこだ？)

(あ……。まーちゃんに、電話しとかなくちゃ……)

そんなことをつらつら考えていると、頭の中はグルグル状態で。自分の席が、ひどく遠くに感じた。

（とにかく、早く行かないと……）

（裕太の奴——大丈夫かな）

裕太が篠宮の家を出るのは、栄養失調で病院に担ぎ込まれて以来のことだ。丸三年ぶり……くらいだろうか。それを思うと、なんだか心配になった。

そして。自分の席に戻るやいなや、あわただしく帰る用意を始めた尚人に、クラスメイトたちの視線が遠慮もなく絡みつく。

何があったのか——それを聞きたいのだが。わずかに蒼ざめた尚人の顔つきに、誰も、声をかけられない。

すると。何を思ってか、桜坂《おうさか》もさっさと帰り支度を始めた。

そうして。半ば呆気《あっけ》に取られるクラスメイトたちを尻目に、つかつかと尚人に歩み寄り、

「すみません、先生。俺、篠宮と早退しますから。あと、よろしく」

思わず双眸《め》を見開いた尚人の腕をつかんだ。

「あの……桜坂……」

「いいから。来いよ」

何がなんだかわからずに、尚人は桜坂に引き摺られるまま教室を出ていく。

そのまま廊下に出ると、さすがに、教頭は驚いたような顔をしたが。このまま尚人を一人で帰すよりはマシだとでも思ったのか、擦れ違いざま、

「よろしく頼んだよ、桜坂君」

一言、言葉を投げかけた。

それって、何か違うのでは？　——などと思いつつ、昇降口までやってきて。ようやく、桜坂は尚人の手を離した。

「——で？　何があったんだ？」

「いや……よくわからない。家に泥棒が入って、弟が……警察に保護されてるって……」

とたん。桜坂は、ふっと、小さく息を吐いた。

「なら。タクシー拾った方が早いな」

「……え？……」

「ほら、さっさとしろよ。弟、待ってんだろ？」

どうやら。すっかり、桜坂ペースにハマってしまっている。

しかも。それがうざいと言うより、心のどこかでホッと安堵のため息をついている自分に気づいて、

（なんだかなぁ……）

尚人は、思わず嘆息した。

§§§§§　§§§§§　§§§§§　§§§§§

勝木署に着いて。

「あの……篠宮と言います。弟が、こちらに保護されていると伺ってきたんですが」

尚人が名乗ると。すぐに、長野《ながの》という中年の男がやってきた。

「お世話になります。篠宮尚人です」

きっちり、尚人が頭を下げると。長野は、ニッコリ、笑った。

「いやいや、ご苦労様です。いきなり学校に連絡するのもどうかと思ったんだが……。まぁ、事情が事情でねぇ」

だから、尚人は。長野が言う『事情』とは、篠宮家の家庭環境のことなのだろうと思った。

「はい。上の兄には俺の方から連絡を入れておきましたが、ちょっと仕事の関係もあって、すぐにこちらに伺えるかどうかは……まだ、わかりません」

撮影に入ってしまうと、雅紀の携帯は留守番電話サービス経由でしか繋《つな》がらなくなってしまうのだ。

「そうですか。一応、お兄さんにも来ていただけるとよかったんだが……。で？　こっちの君は？」

「篠宮のクラスメイトで、桜坂と言います。こいつ、まだ足が完調じゃないもんで。一応、俺が付き添ってきました」

すでに、尚人のことは、例の事件絡みで了解済みだったりするのか。長野は、一瞬、痛ましげな顔つきで、

「あー、そうだったね」

尚人を見やったが。そのことを改めて口にするのもどうかと思ったのか、それっきり、暴行事件のことには触れずじまいだった。

長野はゆったりとした歩調で、尚人を二階の突き当たりの部屋に連れていった。

さすがに、中まで付き合う気はないのだろう。桜坂は、ドアの外で待っていると言う。

頷いて、尚人が中に入ると。そこには、全身総毛立てたネコのようにピリピリとしている裕太がいた。

こんな裕太は、久々に見る。まるで、荒れに荒れまくっていた小学生の頃の裕太に逆戻りをしてしまったかのようだった。

「……ゆう…た」

――と。裕太は尚人と長野の顔を交互に見比べて、無言のまま、どんよりと立ち上がった。

そして。長野を睨《にら》むような上目遣いで、

「ナオちゃん来たから、もう、帰ってもいいんだろ?」

ブスリともらした。

一瞬。そういうものなのか？　――と思いつつ、

「あの……このまま連れて帰っても、いいんですか？」

それを口にすると。長野は、白髪まじりの頭をポリポリと掻いた。

「なぁ、裕太君。こうやって、お兄ちゃんも迎えに来たことだし。そろそろ、事情を話してはもらえんかな？」

「事情…って、なんの――ですか？」

「いや、それが……ここに来てから、何もしゃべってくれなくてね。筋から行けば、一番上のお兄さんに連絡をすべきなんだろうが、裕太君が、どうしても君じゃないとイヤだと言うもので……」

「空き巣が入って、それで、弟が保護されただけ――じゃないんですか？」

「それは、まぁ、そうなんだが……。裕太君、そいつをバットで殴っちまって、ちょっと怪我をねぇ、させてしまったものだから」

尚人は、ヒクリと息を呑んだ。

「怪我って……もしか…して、ひどい……んですか？」

「左腕が骨折――程度なんだけどね」

長野はさらりと口にしたが。尚人は、その瞬間、まるで自分が殴られたような錯覚を起こし

て。目の前が真っ暗になった。

「ナオ……ちゃん？」

ヤバイ――と思う。

手足が一気に冷えてくる、あの感覚。

「ナオちゃんッ」

吐き気が込み上げて……。

「ナオちゃんッ！」

そのとき。頭の芯が、ぐらり――と揺れた。

《＊＊＊連《れん》　環《かん》＊＊＊》

「借金の金策に行き詰まって、果ては、篠宮の家の権利書を狙ってコソ泥のマネですか？　それで、裕太にバットで殴られて骨折なんて、まぁ、いいザマですね。さすがに呆《あき》れ果てて、言葉もありませんよ」

勝木署の一室で。雅紀は、痛々しくも左腕を白布で吊った父親の不様な姿を前にして、しごく淡々と嫌味を連発する。

実際。雅紀は。まさか、慶輔が、ここまでバカなことをしでかすとは……思ってもみなかったのだ。

これだけ白々しく扱《こ》き下ろされると。なまじヒステリックに詰《なじ》られるよりも、数倍クルものがあるのだろう。慶輔は、蒼ざめた頬をヒクつかせて、

「何が、コソ泥だッ。親が、我が子に会いに行って、何が悪いッ。だいたい、あの家は、私のものなんだぞ。自分の家に帰るのに、誰に文句を言われる筋合いはないッ」

——唸《うな》った。

しかし。

「不倫して子どもを捨てていった男に、今更、父親面されたくないですね。ムカついて、今に

も鳥肌が立ってきそうですよ」

　雅紀の舌鋒《ぜっぽう》は冷ややかすぎるほどに鋭かった。

「どうせ。家に忍び込んだのがバレても、裕太一人くらいどうにでも手玉に取れる……とか、甘いことを考えてたんじゃないですか？　だったら、この際、左腕一本、授業料を払ったとでも思ったらどうですか？　もっとも、俺に言わせれば。そんなもの、積もり積もった俺たちへの慰謝料の利子にもなりませんけど」

　それだけ言い捨てると、雅紀は、すっくと立ち上がった。

「そういうわけですから。刑事さん。あとのことは、そちらにおまかせします。これ以上、この人とは話すこともないので、弟たちを連れて帰ってもかまいませんか？」

「それは、この件はすべて、おとう……いや、篠宮慶輔さんに一任するということですか？」

「一任するも何も……。事実は、たったひとつしかないんじゃありませんか。不倫して子どもを捨てた極悪非道な父親が、借金を作って二進《にっち》も三進《さっち》もいかなくなり、家の権利書を狙ってコソ泥に入ったところを末の弟に見つかって殴られた。違いますか？」

　あまりにもきっぱりと言い切った雅紀に、長野は、小さくため息をもらす。

「署の入り口に糞蠅《くそばえ》のごとく集《たか》っているマスコミにも、そう言われるつもりですかな？」

「そのつもりですが？　今更、起こってしまったことを無かったことにはできないでしょうし。

俺的には、こんなくだらないことで、また、あることないこと派手に書き立てられるのか……

とか思うと、もううんざりで、反吐《へど》が出そうですけど。どっちにしろ、何か言わなければ収まりがつかないんですから」

するると。

「雅紀ィィイ」

慶輔が。蒼ざめた顔面に朱を散らして、椅子《いす》を蹴《け》り倒さんばかりの勢いでガッパリと立ち上がった。

「お…おまえには………」

だが。

「俺が――なんですか?」

雅紀の刺々《とげとげ》しい金茶の双眸に冷たく見据えられて。慶輔は呻くように言葉を呑み込んだ。

慶輔が家を捨てたときには、まだ初々しさの残る紅顔の美少年というイメージが強かった一番上の息子の、一筋縄ではいかない、その、とんでもない変貌《へんぼう》ぶりをあからさまに見せつけられて。慶輔は、不様に唇が痙る思いだったに違いない。

――と。今まで部屋の片隅で身体中をこわばらせて事の成り行きを凝視していた千里が飛んできて、

「お…お願いです、雅紀さん。それだけは……それだけは、堪忍してやってくださいッ」

いきなり、土下座した。

それでも、

「今更あなたに土下座してもらっても、なんの足しにもなりませんよ。ますます不愉快になるだけです」

雅紀の冷たい声音ひとつ突き崩すことはできなかった。

真山《まやま》千里——という父親の愛人を、初めて、雅紀は目の当たりにする。

精神《こころ》を病んで、すっかり窶《やつ》れ果てて死んでしまった母よりも、ずいぶん若い——オンナ。

子どもを四人も産んで、容色もそれなりに衰えてしまった母親に比べれば、確かに、美人……なのかもしれないが。それでも。この女のどこに、家族を捨てさせるような魅力があるのか——雅紀にはわからない。

「お願いですッ。こんなことがテレビで流れたら、慶輔さんは……いえ、あたしも、何の関係もない妹も、もう、首を括《くく》るしか……」

首を括るなり。ビルの屋上から飛び降りるなり。どうぞ、お好きに……。

さすがに、この場でそれを口にするのは憚《はばか》られたが。

(出来もしないようなことを、気安く口にすんじゃねーよッ。バカヤローが)

内心、雅紀は吐き捨てる。

そんなしおらしい甲斐性《かいしょう》があるのなら、一連のスキャンダルが報じられたとき、とっくに首を括っていたはずだ。

何の関係もないと、千里がすがるように言い張る妹が。実は、尚人を襲った暴行犯と親密な関係にある幼なじみだということは、どこかの週刊誌が『超特ダネ独占スペシャル』という見出しでスッパ抜いた。いまだ記憶に新しいというより、まさに、雅紀にとっても『寝耳に水』の仰天スペシャルである。

たとえ、ゲスの勘繰りだと言われても。そこらあたり、何やらキナくさい臭いがするように思うのは、たぶん、雅紀だけではないだろう。

なのに——である。

ここまで来て、あえて無関係だと言い張る女の厚顔無恥ぶりには、さすがの雅紀も呆れて声も出ない。

「身から出た錆《さび》……でしょう。さんざん人を踏みつけにしておいて、今更ムシのいいことばっかり言わないでもらえますか。俺は、なんの節操もないハイエナどもから弟たちを守るので手一杯で、赤の他人のことまでかまっちゃいられないんです」

「でも……でも………」

なおも取りすがろうとでもするかのように、哀れっぽい声で訴える千里の頭を。雅紀は、おもうさま踏みつけにしてやりたい衝動に駆られて、一瞬、目が眩《くら》む。

「何をどう取り繕ったところで、どうせバレるような嘘《うそ》はつくだけ無駄なんですよ。毟られるだけ毟られて、食い物にされるだけなんですから。だったら、いっそのこと、これからは、極悪非道なキャラで押し通してしまえばいいじゃないですか。それだったら、何の演技も嘘もなく、地でやれるでしょ？」

雅紀はひたすら淡々と、容赦なく抉る。歯に衣を着せる価値もない——それを思うと、何の枷《かせ》もかからなかった。

「今更、俺に、親子の情愛だのなんだの……そんなケタクソ悪いものは期待しても無駄です。あの人が篠宮の家を出ていったときに、スッパリ、親子の縁は切れていますから。それは、真山さん、あなたが一番よくご存じのはずなのでは？　そういうわけですから。自分の撒《ま》いた種はきっちり、自分で刈り取ってください。あー……。それから、もうひとつだけ。この先、二度と、俺たちの周りをウロつかないでください。今度こんなことがあったら——容赦しませんから」

それだけ言い捨てて、雅紀は出ていく。

その背後で、千里がこれ見よがしに号泣するのが聴こえても、雅紀の足取りにはわずかの乱れもなかった。

§§§§　§§§§　§§§§　§§§§

「じゃあ、ね。桜坂。今日は、ありがとう」

「あー。また、明日」

「遅くまで付き合わせて、悪かったね」

「いえ。ご馳走様《ちそうさま》でした。失礼します」

別れの挨拶《あいさつ》を交わして、篠宮兄弟を乗せた車が走り去ると。桜坂の口からは、どっぷり深々とため息がもれた。

時間は、午後の八時を回ったばかりだ。

晩飯は、雅紀の行きつけの店だというこぢんまりとした小料理屋でたらふく食わせてもらったのだが。末の弟のあまりの食の細さには、さすがにビックリした。

(こいつって、もしかして、カスミ食って生きてんじゃないのか?)

そんなふうに勘繰ってしまうほど、チビリチビリとしか食わないのだ。

偏食がスゴイというより、今日のことがよほどショックで、本当に食べ物が喉を通らないのではないか――と思ったのだが。尚人に言わせると、いつも、こんなものだと言う。

物は食わない。

学校にも行ってない。

それどころか、この四年、まったく外出もしたことがないヒッキーだと知ったとき。さすが

の桜坂も、
（いったい、何が楽しくて生きてんだ？）
などと、思わずまじまじと凝視してしまった。
それに。ほとんど、しゃべらない。
桜坂自身、無愛想の権化みたいに言われるが、この弟は、きっぱりと排他的だ。
もっとも。しゃべれないわけでも、無口なわけでもないのは――知っている。
なんたって。
あのとき。
初対面の自分を小突き回して、ガシガシ怒鳴りまくっていたのだ。
あのとき……。
「ナオちゃんッ」
ドアの向こうで、誰かの痙ったような叫び声がした。
（……って……篠宮？）
そう思った――瞬間。桜坂は、ドアの中に飛び込んでいた。
「ナオちゃんッ！」
とたん。桜坂の目の前で、尚人がグラリと崩れた。
（――ッ！）

とっさに抱き止めたものの、間近にした尚人の顔色は蒼白だった。

(な…んだ?)

ヒクつく身体の震えに何か尋常でないものを感じて。桜坂は、思わず双眸を瞠《みは》る。

抱きしめた身体のこわばり。

何かを必死で耐えるようにしがみついてくる尚人の指の震えが、皮膚に食い込んで痛いほどだった。

すると。いきなり、誰かに頭を撲《は》られて、桜坂はハッと顔を上げた。

「鞄《かばん》……鞄、どこッ?」

目の前で、尚人に似た——いや、尚人とは似ても似つかないほどに生意気そうな少年が、目の端を吊り上げて怒鳴っている。

「ボケてんじゃねーよッ。ナオちゃんの鞄、どこだよッ!」

「ドアの……外」

何がなんだかわからないまま、それを言うと。少年は脱兎《だっと》の勢いで飛び出し、それから、ものの十秒もしないうちに戻ってきて。ピルケースから錠剤を取り出すと、

「ナオちゃんッ。薬ッ。ほら、口開けてッ」

無理やり尚人の口をこじ開けて薬をねじ込み。テーブルに置いてあった湯飲み茶碗を引っつかんで口に含むと、口移しで強引に嚥下させた。

その、あまりの手際のよさに、桜坂は、これが初めてのことではないのだと知り。尚人が、思わぬ事件の後遺症《バクダン》を抱え込んでいることに、ただ言葉もなく立ち竦む思いがしたのだった。

§§§§§　　§§§§§　　§§§§§　　§§§§§

その夜。

「おまえが変わらなければ、何も始まらない」

そう言った雅紀の言葉に触発されて。裕太が、籠《こ》もりっきりだった自分の部屋から出て、とりあえず夕食を尚人とともに摂ることから始めて——三日目。

雅紀と裕太の密談など知らない尚人は、最初、こぼれ落ちんばかりに目を見開いて、呆然絶句してしまったが。

「これから、晩飯は一緒に食う」

ブスリともらした裕太の言葉には、さすがにじんわりとクルものがあって。

やはり、この間の事件《こと》で、裕太は裕太なりに、何か考えさせられるものがあったのだろうと。

思わず泣き笑いにも似た顔つきになってしまった。

一人で食べる味気なさに慣れた夕食は、裕太と二人になると、一気に……とまではいかないが、それなりにくつろいだ雰囲気にはなった。

そんな、夜。

食事を終えて、茶碗を洗っていると。不意に、電話が鳴った。

「……はい。篠宮です」

『——尚？』

とたん。

（…ッ！　……沙也…姉《ねえ》？）

尚人の鼓動は、ピクンと跳ねた。

『尚？　……聴いてる？』

「あ……ウン。沙也姉……久しぶり。元気？」

『ええ……。そっちは……相変わらず、大変みたいね？』

「まぁ……。そのうち、みんな飽きると思うけど」

——一瞬の沈黙。

その間が、妙に痛い。

『裕太——いる？』

「……ウン。代わる？」

『──お願い』

「ちょっと待って、呼んでくるから」

受話器を置いて、階段を上がる。

「裕太。電話。沙也姉から」

すると。ドアの向こうから、

「いないって、言っといて」

あからさまな声が返ってくる。

「自分で言えば？　沙也姉のことだから、おまえが出るまで、なんべんでもかけてくると思うけど？」

それだけ言って。尚人は、階段を下りる。

ドア越しに何を言っても埒《らち》が明かないのは、経験済みだ。

こういう場合は、とっとと会話を切り上げてしまうに限る。

そしたら、しばらくして。裕太は、ブスくれまくったような顔で部屋から出てきた。

「もしもし？　おれだけど──何？」

沙也加が名指しで裕太に何の話があるのか。

（やっぱり……あの話かな）

父の慶輔がこっそり篠宮の家に戻ってきて、泥棒と間違えた裕太がバットで殴って怪我をさせた事件があった、その夜。堂森と加門《かもん》の両方から、電話があった。

どちらも、すぐに雅紀が代わったので。そこでどういう話があったのか、尚人にはわからない。

だが。それから三日後の夜。加門の祖父母がやってきて、裕太を加門の家に引き取りたいと言い出した。

あんなことがあって。昼間、誰もいない家に裕太を独りで置いておくのが心配になったのだろう。

以前は、雅紀が断るとあっさり引き下がったが。今回は、強硬だった。

あんなことが二度と起きないという保証はない。もしものことがあった場合、責任は誰が取るのかと、雅紀に迫った。

けれども。肝心の裕太は相変わらず部屋に籠もったきりで、ドア越しにいくら祖父母が切々と心情を訴えても、

「おれは加門の家なんかには行かないッ」

ただ一度それを怒鳴ったきり、あとは完璧に黙殺状態だった。

それで、仕方なく、祖父母はあきらめて帰ったのだ。

そのとき。祖父母は、裕太を加門の家に引き取ることを一番強く望んでいるのは沙也加だと、そう言っていた。

だから、きっと。祖父母では埒が明かないと思って、沙也加が直談判するつもりで電話をかけてきたのだろうと思った。

それでも、やはり。沙也加にとってはいまだに、母の思い出が染みついたこの家は『鬼門』なのだ。何があっても、決して足を向けようとはしない。

もしも。電話に出たのが雅紀だったら……。たぶん、そのまま無言で切ってしまったかもしれない。

先ほどの『尚？』と呼びかける声も、何かしら刺々しいように思えたのは、尚人の気のせいだろうか。

それを思うと。沙也加と自分たちの間にある亀裂は、この先もずっと埋まらないような気がした。

「だから、よけいなお世話だって、言ってんだろッ」

叩きつけるような、そのきつい物言いに、尚人は思わずヒヤリとする。

沙也加の心配もわかるが。それを裕太に押しつけるのは、かえって逆効果だ。

そんなことは、ほんのガキの頃から派手にやり合っている沙也加には誰よりもよくわかっているだろうに。やはり、あんなことがあると、その口調も次第に、ついつい押しつけがましさが増すのかもしれない。

そして。洗い終わった食器を乾燥機に入れて、スイッチをＯＮにした——とたん。

「お姉ちゃんだって、おれたちを見捨てて独りで逃げ出したくせにッ。今更、説教がましく姉ちゃん面すんなッ！」

険しい口調で、裕太が吐き捨てた。

「そんなにおれのこと心配だって言うんなら、電話じゃなくて、お姉ちゃんがこの家におれを迎えに来いッ。口先だけなら、誰だって、なんとでも言えるんだよッ。来るのかよ？　来ねーのかよ？　あーッ？　どっちなんだよッ？　この家に来て、雅紀にーちゃんの目の前で、おれを加門の家に連れていくって言ってみろよ。できないんだろ？　だったら、端《はた》から、あーだのこーだの、よけいなこと言うなッ！」

そして。叩きつけるように荒々しく受話器を戻した裕太は。その目を尚人に向けると、まるで睨み据えるように言った。

「この家は、雅紀にーちゃんとナオちゃんと、おれの……三人だけが家族なんだ。この家からシッポ巻いて逃げてった奴なんか、いらない。そうだろ？　ナオちゃん。だから、おれは――逃げない。絶対、逃げ出したりしないんだからなッ」

§§§§§　　§§§§§　　§§§§§　　§§§§§

風呂から出て、二階の自室に戻ると。裕太は、いつものように、お気に入りのＣＤをセットする。

そうして流れてくる柔らかなバイオリンの音色に、裕太は、ベッドにごろりと寝そべって。いつものようにそろりと目を閉じる代わりに、天井を睨んだ。

『あたしは、あんたのことが心配なのよ』

真摯《しんし》な沙也加の声が耳について離れない。

だが。それが真摯であればあるほど、なぜか、沙也加の押しつけがましさが鼻についてならなかった。

『お兄ちゃんは、尚さえいればいいんだもの。はっきり言って、裕太、あんた――辛い思いするだけよ？　あんたが篠宮の家にしがみついてたって、この先、なんにもいいことなんてないんだから』

そんなことは、言われなくてもよく知っている。

それどころか。沙也加の知らないことまで、裕太は知っている。なにせ、雅紀自身の口からハッキリ聞いたのだから。

だから。

『あんたは世間知らずのお子様だから、あたしは心配なのよ』

沙也加には、賢《さか》しらに、ありもしない優越感をちらつかせてほしくない。

ましてや。

『裕太には、もっと、ちゃんとした環境でやり直してもらいたいのよ。尚やお兄ちゃんに引き摺られないでほしいのよ』

切々と訴える沙也加の心情に、純粋に自分のことを思いやってくれる情愛とは別の思惑が見え隠れするように思うのは、裕太の邪推だろうか。

（ちゃんとした環境——って、何？）

（やり直すって、何を？）

（自分が歪んでるってことを自覚するだけじゃあ、足りないのか？）

雅紀は。自分が尚人にだけしか発情しないケダモノであることを自覚してはいても、別段、それを恥じてはいなかった。

あえて、そこまで堂々とエゴを貫き通す雅紀に、裕太は、何かゾクリとするものを感じたが。

それを傲慢《ごうまん》な居直りだと糾弾する資格があるのは、尚人一人だけだ。

禁忌を共有することで、雅紀と尚人の絆はより強くなった。

沙也加は『受け入れる』ことを怖れ、共犯者になることを拒絶して兄弟の連環から永遠に外れてしまったのだ。

雅紀は、それを、

「沙也加は、女——だからな。女だからこそ、どうしても許せないってことがあるんだよ」

そんなふうに言ったが。

裕太は、そんな沙也加の二の舞になるのだけは——嫌だった。

世間の常識とやらに縛られて、沙也加のように、篠宮の家から自分だけが弾《はじ》かれてしまうのが嫌だった。

だったら。この先、自分は、どう在ればいいのだろう。

まだ。遅くはないはずだ。

雅紀は、沙也加のように『やり直せ』などとは言わなかった。ただ、甘ったれてないで『変われ』と言ったのだ。

だったら。変わってみせる。

自分が変わらなければ何も始まらないと言うのなら。たとえ、それが亀の歩みでも。

『オマエハ俺ヲ嫌イカモシレナイガ。俺ハ、オマエガ嫌イジャナイシナ。デモ、ソレダケダ』

雅紀を見返してやるためではなく。

『生温イ家族ゴッコヲスルツモリモナイ』

きっぱりと言い切った長兄に、自分の存在を認めさせるために。

§§§§　§§§§§　§§§§§　§§§§

「沙也加から、電話？　裕太を名指しでか？」

「……ウン」

「で？　――裕太は？」

「最後は、キレちゃってた……かな」

「まぁ、根本的なところで、似た者同士……だからな。あいつらは」

「でも、沙也……ね………」

言いかけて。不意に。尚人は、声を嚙む。

パジャマの下からくぐらせた雅紀の指が、くすぐるように乳首を掠《かす》めたからだ。

でも、それだけ。

じわりじわり……と燻《くすぶ》っていく微熱を煽《あお》るだけで、雅紀の指は意地悪く快感をはぐらかしている。

愛撫《あいぶ》とは言えない、だが、見過ごしにはできない微妙なソフトタッチ。

わずかに血がささめくその瞬間に、ツクリと、鼓動が灼《や》けるのだ。

それでも。背後から腕の中にすっぽり尚人を抱え込んだ雅紀には、そんなわずかな身体の震えすらもバレバレ……なのは間違いない。

ましてや。

(——もっと)

(ちゃんと……)

(……してほしい)

尚人がそんなふうに思っていることくらい、丸わかりだろう。

それを素直に口に出しては言えない、そのことも。

だから。気を紛らすためには、何かしゃべっていないと間が持たなくて。

「沙也姉……本気で裕太のこと……欲しがってる……の、かな」

「さぁな。俺は別に、沙也加が本気だろうが何だろうが、そんなことはどうでもいいけどな」

やがて。そんな淡い刺激に焦れて、もぞもぞと尚人の腰が揺れはじめる。

すると。雅紀は、尚人の首筋をそろりと舐《な》め上げた。

とたん。ヒクリと、尚人の脇腹が痙れた。

同時に。両の乳首にも芯が通ったのが、尚人は、自分でもハッキリわかった。

――と。首筋に這《は》わせた雅紀の唇が、くすりと笑った。

「強情だな、ナオ。『欲しい』って言えば、済むことだろ?」

知っている。雅紀が、自分にそれを言わせたいのだと。

それを言わない限り、たぶん、何も与えてはくれないのだと。

尚人は、小さく唇を噛む。

すると。雅紀は。そんな尚人の目の前に、

「じゃあ、ほら……。貸してやる」

ひらひらと右手を翳《かざ》した。

言ってる意味がわからなくて、わずかに小首を傾《かし》げて視線だけやると。雅紀は、

「ナオがオナニーするのは許さないけど、そのままじゃ……辛いだろ? だから。してほしいけど『欲しい』って素直に言えないナオのために、俺の手を貸してやるって言ってるんだよ。好きなように使っていいぞ」

言われて。尚人は、赤面する。

何がといって。その方が、よっぽど恥ずかしい。

――が。

「なんだ、いらないのか? だったら、ずーっと、そのままだぞ。ナオが欲しいって言わない

限り、俺は何もしないから」

何もしない——と、明言しながら。雅紀は、

「乳首も吸ってやらないし。どこも……弄《いじ》ってやらない。ナオがイイ子にしてたら、ナオの好きなだけタマを揉んでしゃぶってやろうと思ってたのにな」

言葉で尚人を甘く嬲《なぶ》るのはやめない。

そうすると。よけいに身体が疼いて……。

「好きだろぉ？　ナオ。タマを弄られて、アレを舐めて吸われるのが……。気持ちよくて、奥の奥まで、ジンジン痺《しび》れてくる。ほら……。俺の手を貸してやる。俺がいつもしてやってるみたいに、やって……いいんだぞ？」

囁きは、淫《みだ》らに尚人の脳髄を刺激する。

尚人は、半ば無意識にコクリと生唾《なまつば》を呑み込むと。おずおずと手を伸ばして、雅紀の手をつかんだ。

そして。ぎくしゃくと、微熱の燻り続ける股間《こかん》へと雅紀の手を導いた。

そこは先ほどからの淡い感触に疼いて、もっと強い刺激に餓《う》えて、すでに半勃《はんだ》ちになっていた。

それでも。雅紀の手をゴムの下にくぐらせて、その感触を直に確かめるような度胸まではなくて……。

それを口にすれば、きっと、『今更、何をブッているんだ』と、雅紀に鼻で笑われるだけなのだろうが。

自らの口で、その欲望を素直に言葉にしてしまったら、際限がなくなってしまいそうで――怖い。

（さわって）

もっと……優しく。

（握って）

――柔らかく。

（しごいて）

もっと、強く……。

（摘《つま》んで）

指の先で、痛いくらいに……。

揉んで……。

擦《こす》って……。

吸って。

――咬《か》んで。

欲望は、絶え間なくエスカレートしそうで。そんな浅ましい、淫らな自分を雅紀に見られるのが——嫌だった。

§§§§§　§§§§§　§§§§§　§§§§§

（…ったく。強情なんだから……）

いいかげん焦れて、雅紀は、内心舌打ちをもらす。

ようやく、快感を貪《むさぼ》ることに素直になってきたかと思えば。このところ、また、頑なになってきた。

（やっぱり、事件の後遺症だったりするのか？）

あれ以来。尚人は、ひと頃収まっていた『発作』を起こす。

それは、雅紀がキスと抱擁《ほうよう》で根気よく解きほぐしてきた尚人の『トラウマ』だった。

身体の芯を二つに裂かれる『痛み』と『怖れ』が、背後からいきなり襲われた『ショック』と『恐怖』に連動しているのかどうかはわからないが。後蕾を指と舌とで念入りにほぐす行為自体は受け入れても。いざ、後孔《こうこう》で一つに繋がろうとすると、尚人はひどく怯《おび》えてしまう。

こういうトラウマには、一朝一夕に効く特効薬はないのだと、榊《さかき》にも口を酸《す》っぱくして言われた。

わかっている。

なのに——雅紀の愛撫でようやく蕩《とろ》けてきた尚人の身体が、また以前のように竦むのを見せつけられるのは辛かった。

だから。尚人には、もっと、自分を欲しがってほしかった。

そしたら。頭の芯が蕩けて、自分のこと以外、何も考えられなくなるくらいに気持ちよくさせてやるのに——と思う。

望むだけ快感を与えてやるのは、簡単だった。

だが。それでは、足りないのだ。

いつまでも、一方通行のままではイヤなのだ。

愛し、愛され。

満たされて……癒したい。

それを思って。ふと——肝心な言葉を言い忘れていたのを思い出して、雅紀は、わずかに苦笑する。

『愛してる』

陳腐で。お手軽《チープ》で。だが、もしかしたら、使い方ひとつでは世界を癒せるかもしれない、唯一の呪文《じゅもん》。

（まっ、別に、世界なんかどうでもいいけどな）

たったひとつの愛さえ得られれば。

だから。

雅紀は。

自分の手を股間に押し当てたまま、どうすることもできずに固まってしまっている尚人の、朱に染まった耳たぶをやんわりと齧《かじ》って、囁いた。

「好きだ、ナオ」

とたん。

尚人の背中が、ヒクリと震えた。

§§§§§　§§§§§　§§§§§　§§§§§

そのドアは、裕太にとっては『禁断の扉』だった。

薄いドアの向こうには、夜ごと、尚人《おとうと》を貪り喰っているケダモノな雅紀《あに》がいる。

聴こえるのは、微かな喘《あえ》ぎ声。

淫らで、熱い……甘やかな声だ。

払っても。

……祓《はら》っても。

それは、身体の芯にまとわりついてくる。

『おまえも堕ちてしまえ』

——と。

そして。ふと——思った。

もしかして。無理やり払い除《の》けようとするから、よけいにしつこくまとわりついてくるのではないか？　……と。

幻惑は、妄想を掻き立てる。

だったら。一度この目で見てしまえば、邪な妄想はただの幻滅になってしまうのではないか
——と。

男同士の、セックス。

しかも。やっているのは、自分の兄だ。

二人が、現実にセックスしているのを見て幻滅してしまえば。それで、いっそキッパリとケジメがつくのではないかと思った。

だから。ノックはしなかった。

ただ。トクトクと逸る鼓動に、コクリと小さく息を呑んで。ドアノブを静かに回した。

そのときに感じた、わずかな既視感《きしかん》。

（そういえば……）

深夜にこのドアを開けたのはこれが初めてではなかったことを、裕太は唐突に思い出す。

だが。そんなものは。開かれた視界の中で、尚人の白い背中がヒクヒクと痙るように震えているのを見た瞬間、どこかへ消し飛んでしまった。

「い…あぁぁ……んッ…んッ………」

尚人は全裸で、雅紀の膝《ひざ》を跨《また》ぐように足を開かされていた。

見えない股間を雅紀に揉みしだかれているのか。腰を小刻みに揺すって、尚人が喘ぐ。

男の――尚人の裸など、別に、見て楽しいものだとは思わなかった。豊満な乳房があるわけでもなく、股間には、自分と同じものが付いているのだ。雅紀は、尚人に発情すると言ったが。

裕太は、それはある意味、雅紀の誇張ではないかとさえ思っていた。つい、さっきまでは。

けれども。しなやかにしなる尚人の背中の白さに、まず目が釘付けになった。ましてや。雅紀に性器を揉まれてときおり痙れる臀部《でんぶ》が、やけに扇情的で。裕太は、思わず息を詰めた。

「や…んッ……いィイ……」

雅紀の首にしがみつき、荒い喘ぎをもらす尚人の背中を雅紀がゆったりと撫でさする。

すると、それすらもがたまらない刺激になるのか。尚人は、ヒクリッ…と背中をしならせる

と、

「…もっ……イ…か……てッ……。ま…ゃんッ……」

跨がされた足をブルブル震わせはじめた。

尚人が、鳴く。切れ切れの声で。

すると。雅紀は、さも愛しげに何かを囁き、尚人の耳たぶを舐め上げた。

雅紀の目が、優しい。

そんな柔和な雅紀の顔を、裕太は初めて見た。

だが。なにげに逸《そ》らせた視線が、裕太のそれとカチ合った——瞬間。

雅紀の双眸が、スッと色を変えて切れ上がった。

それは。あからさま……とも思える変貌だった。

二人だけの愛の巣へ、突然許しもなく闖入《ちんにゅう》してきた裕太に対する、それは、純粋な怒り
——だったかもしれない。

それでも。

裕太は逃げ出したりはしなかった。ギュッと唇を噛み締め、半ば無意識に拳を握り締める。

束の間、絡み合う視線。

(おれは……お姉ちゃんみたいに、逃げ出したりしないッ)

その決意を見せつけるように、裕太が睨む。

すると。

思いがけず、雅紀が笑った。口の端だけで、微かに。

そして。視線は裕太にヒタと据えたまま。まるで、その淫らさを見せつけるように尚人の首筋を何度も舐め上げ、痙れた尚人の白い臀部をこれ見よがしに撫でさすった。

そのたびに甲高い鳴き声を上げて、尚人の背中がしなる。

裕太は。雅紀の視線に搦め取られたまま身じろぎもできずに、ただ息を詰めて、それを見ていた。

尚人の嬌声に煽られて、下腹に微熱が溜まり。

くねる尚人の臀部の淫らさに煽られて、異様に喉が渇き。

そうして。

「ひっ…あぁぁぁッ」

掠れた嬌声《きょうせい》を放って尚人の背が痙れた、そのとき。

(…ち…くしぉぉぉッ)

股間にズキリと熱い痺れの渦が巻いて、裕太は思わず目を閉じ。ヒクヒクと震える足でぎくしゃくと後ずさると。

ちくしょう。

……ちく…しょー……。

……………チックショォォォ。

そのまま、よろよろと、一目散にトイレに駆け込んだ。

§§§§　§§§§§　§§§§§　§§§§§

（フン……。まだまだお子様だな、あいつも）

雅紀は。膝の上でくったりと身体を預けたまま、いまだ息の整わない尚人の髪をゆったりと梳《す》いて口付けながら、裕太の消えたドアをじっとりと睨む。

（まっ、漏らさなかった根性だけは誉めてやるがな）

それでも。

なぜ、裕太が突然『ピーピングトム』もどきの覗《のぞ》きなどをしに来たのか。それを思うと、雅紀はしんなりと眉を寄せた。

ついこの間まで。裕太は、自分に懐かない可愛げのないガキ――だった。

だが。ガキはガキなりに考え、何かを模索しているのだと知った。

だから。雅紀は、ジョーカーを小出しにするのではなく、すべてをオープンにして腹を据えようと思ったのだ。

それで。裕太がどんなふうに変わっていくのか……。今のところ、まだ、わからない。

いや。

自分と。尚人と――裕太。この三角関係《トライアングル》がこの先、どんなふうに変わっていくのかさえも、だ。

とりあえず。目障りなものから切り捨てていく。その気持ちだけは変わらない。

今回のスキャンダル騒ぎで、父親という腐った根っ子を引き剝がすことはできた。これで当分、堂森の祖父もよけいな口出しはしたくてもできなくなるだろう。

うざったい『血の絆《きずな》』など、いらない。邪魔になるだけだ。

欲しいものは、たったひとつしかない。

それを思って。雅紀は、

「ナオ。まだ、イケるだろ？　今度は、おまえの中でイキたい」

たったひとつの刻印を刻むために、尚人に口付ける。

「大丈夫。ナオのここが俺を欲しがって蕩けるまで、入れたりしない。俺も、ナオと一緒に気持ちよくなりたいだけだから……。それなら、いいだろ？」

何にも替えがたい、至福の時間《とき》を紡ぎ出すために。

あとがき

こんにちは、吉原《よしはら》です。

『二重螺旋《らせん》2　愛情鎖縛《さばく》』いかがだったでしょうか？

ほぼ一年ぶりで、雅紀兄ちゃんの鬼畜ぶりも、ページ数も、一気にグレードアップ（笑）してしまいました。

いや、もう、『心置きなくイッちゃって（…どこに？）ください』という担当様のありがたいお言葉に、ついでに、おもいっきり時間まで喰っちゃいまして。本当に終わるんかい——とか、さすがに、ちょーっと不安になってしまいましたが。こうやって、ちゃんと『あとがき』を書くことができて、何はともあれ、はぁぁ……よかったです。

なんか、本当に、久々に『ねっとりと濃ゆい』のを書いたぁッ——という気がします。

でも……。耳たぶを甘咬《あまが》みされて、雅紀兄ちゃんに『あーんなこと』や『こーんなこと』を囁《ささや》かれたりすると、思わぬツボに入って、ついでにぞわぞわと鳥肌立ってきそうで怖い（笑）……です。

どうせなら、○○さんの、あのナマ声で聴いてみたいな♡——とか思うあたり、けっこう、私の頭も腐っているのかもしれませんが。

いや、ちょうど、同時期に、別口のドラマＣＤのシナリオなんかもやっていたりしたものですから、ハハハ………。

この先、篠宮三兄弟（…すでに、沙也加が頭数に入ってないのがいかにも——という気はしますが）はどこにイッてしまうのでしょうか。

また機会があれば（…あるのか？　こういう濃ゆいのが好きな方って、いったい、どのくらいいるのか……読めない）その後の三人を書いてみたいかな……とは思っておりますが。まずは、フン詰まりになっているお仕事（笑）をとっとと片付けてしまいたいです、はい。

末筆になりましたが、イラストの円陣闇丸《えんじんやみまる》さま。お世話になっております。ありがとうございます。

そういうわけで……。実は。『二重螺旋』がＣｈａｒａレーベルのドラマＣＤになります。

十月下旬、ムービックさんより発売——予定です。

もちろん。シナリオは私が書かせていただきますので。『あーんな』シーンや『こーんな』ことを、たっぷり『エロ』く『濃ゆ』く『ねっとり』と頑張りたいと思います。いやぁ、ハハハ……。キャスティングが、とっても楽しみ♡

それでは、また。

平成十四年　五月　吉原理恵子

この本を読んでのご意見、ご感想を編集部までお寄せください。

《あて先》〒105－8055　東京都港区芝大門2－2－1　徳間書店　キャラ編集部気付
「吉原理恵子先生」「円陣闇丸先生」係

■初出一覧

愛情鎖縛……書き下ろし

愛情鎖縛

キャラ文庫

2002年6月30日　初刷

著　者　吉原理恵子
発行者　市川英子
発行所　株式会社徳間書店
〒105-8055　東京都港区芝大門2-2-1
電話03-5403-4323(書籍販売部)
03-5403-4348(編集部)
振替00140-0-44392

印刷・製本　図書印刷株式会社
カバー・口絵　真生印刷株式会社
デザイン　海老原秀幸

ISBN4-19-900233-2

投稿小説★大募集

『楽しい』『感動的な』『心に残る』『新しい』小説——

みなさんが本当に読みたいと思っているのは、どんな物語ですか？　みずみずしい感覚の小説をお待ちしています！

•応募きまり•

[応募資格]

商業誌に未発表のオリジナル作品であれば、制限はありません。他社でデビューしている方でもOKです。

[枚数／書式]

20字×20行で50〜100枚程度。手書きは不可です。原稿はすべて縦書きにして下さい。また、800字前後の粗筋をつけて下さい。

[注意]

①原稿の各ページには通し番号を入れ、次の事柄を１枚目に明記して下さい。（作品タイトル、総枚数、ペンネーム、本名、住所、電話番号、職業、年齢、投稿・受賞歴）
②原稿は返却しませんので、必要な方はコピーをとって下さい。
③締め切りは特別に定めません。面白い作品ができあがった時に、ご応募下さい。
④採用の方のみ、原稿到着から３カ月以内に編集部から連絡させていただきます。また、有望な方には編集部からの講評をお送りします。
⑤選考についての電話でのお問い合わせは受け付けできませんので、ご遠慮下さい。

[あて先]

〒105-8055 東京都港区芝大門2-2-1
徳間書店 Chara編集部 投稿小説係

キャラ文庫既刊

■秋月こお
【やってらんねェぜ!】全6巻
【セカンド・レボリューション】やってらんねェぜ!外伝
【アーバンナイト・クルーズ】やってらんねェぜ!外伝2
【酒と薔薇とジェラシーと】やってらんねェぜ!外伝3
【許せない男】やってらんねェぜ!外伝4 CUT/こいでみえこ
【王様な猫】
【王様な猫のしつけ方】王様な猫2
【王様な猫の陰謀と純愛】王様な猫3
【王様な猫と調教師】王様な猫4
【王様な猫の戴冠】王様な猫5 CUT/かすみ涼和
【王朝春宵ロマンセ】CUT/唯月 一

■朝月美姫
【BAD BOYブルース】
【俺たちのセカンド・シーズン】BAD BOYブルース2 CUT/東城麻美
【シャドー・シティ】CUT/ほたか乱
【ヴァージンな恋愛】CUT/極楽院櫻子
【厄介なDNA】

■五百香ノエル
【キリング・ビータ】
【偶像の資格】キリング・ビータ2
【暗黒の誕生】キリング・ビータ3 CUT/高群 保
【静寂の暴走】キリング・ビータ4 CUT/麻々原絵里依
【幼馴染み冒険隊 デッド・スポット】CUT/みずき健
【GENE《ゲーン》 天使は裂かれる】
【望郷天使】GENE2
【紅蓮の稲妻】GENE3
【宿命の血戦】GENE4
【この世の果て】GENE5
【愛の戦闘《たたかい》】GENE6
【螺旋運命】GENE7 CUT/金ひかる

■斑鳩サハラ
【僕の銀狐】
【押したおされて】僕の銀狐2
【最強ラヴァーズ】僕の銀狐3
【狼と子羊】僕の銀狐4 CUT/越智千文
【月夜の恋奇譚】CUT/吹山りこ
【夏の感触】CUT/嶋田尚未
【秒殺LOVE】CUT/桃季さえ
【キス的恋愛事情】CUT/えとう綺羅
【今夜こそ逃げてやる!】CUT/こうじま奈月

■池戸裕子
【恋はシャッフル】CUT/雁川せゆ
【ロマンスのルール】
【告白のリミット】ロマンスのルール2
【優しさのプライド】ロマンスのルール3 CUT/ビリー高橋
【小さな花束を持って】CUT/金ひかる
【アニマル・スイッチ】CUT/夏乃あゆみ
【TROUBLE TRAP!】CUT/峰倉かずや
【いつだって大キライ】CUT/のもまりの
【ラブ・スタント】CUT/えとう綺羅
【課外授業のそのあとで】CUT/史堂 櫂
【恋のオプショナル・ツアー】CUT/明森びびか
【ひみつの媚薬】CUT/高群 保

■緒方志乃
【甘え上手なエゴイスト】CUT/高久尚子
【ファイナル・チャンス!】CUT/北畠あけの
【二代目はライバル】CUT/須賀邦彦

■鹿住 槇
【優しい革命】
【いじっぱりトラブル】続・優しい革命 CUT/橘 皆無
【甘える覚悟】CUT/穂波ゆきね
【愛情シェイク】
【微熱ウォーズ】愛情シェイク2 CUT/高群 保
【泣きべそステップ】CUT/やまかみ梨由
【可愛くない可愛いキミ】CUT/大和名瀬
【別嬪レイディ】CUT/藤崎一也
【恋するキューピッド】
【恋するサマータイム】恋するキューピッド2 CUT/明神 翼
【ゲームはおしまい!】CUT/宏橋昌水
【囚われた欲望】CUT/椎名咲月
【甘い断罪】CUT/不破慎理

キャラ文庫既刊

[ただいま同居中！]
[ただいま恋愛中！ ただいま同居中！2] CUT／夏乃あゆみ

■かわいゆみこ
[Die Karte —カルテ—] CUT／ほたか乱

■川原つばさ
[泣かせてみたい①～⑥] CUT／禾田みちる
[ブラザー・チャージ 泣かせてみたいシリーズ] CUT／禾田みちる
[天使のアルファベット] CUT／極楽院櫻子
[プラトニック・ダンス①～③] CUT／沖麻実也

■神奈木智
[地球儀の庭] CUT／やまかみ梨由
[王様は、今日も不機嫌] CUT／雁川せゆ
[勝ち気な三日月] CUT／楠本こすり
[キスなんて、大嫌い] CUT／穂波ゆきね
[その指だけが知っている] CUT／小田切ほたる

■高坂結城
[午前2時にみる夢] CUT／羽音こうき
[恋愛ルーレット] CUT／橘 皆無

[瞳のロマンチスト] CUT／穂波ゆきね
[エンジェリック・ラバー] CUT／みずき健
[微熱のノイズ] CUT／椎名咲月
[サムシング・ブルー] CUT／雁川せゆ

■剛しいら
[このままでいさせて] CUT／藤崎一也
[エンドマークじゃ終わらない] CUT／椎名咲月
[伝心ゲーム] CUT／依田沙江美
[追跡はワイルドに] CUT／緋色れーいち
[雛供養] CUT／須賀邦彦

■ごとうしのぶ
[水に眠る月 —夢見の章—]
[水に眠る月② —霧雨の章—]
[水に眠る月③ —黄昏の章—] CUT／Lee

■榊 花月
[午後の音楽室] CUT／依田沙江美
[白衣とダイヤモンド] CUT／明森びびか

■桜木知沙子
[ささやかなジェラシー] CUT／ビリー高橋

■佐々木禎子
[ロッカールームでキスをして] CUT／高久尚子
[ナイトメア・ハンター] CUT／にゃおんたつね
[最低の恋人] CUT／蓮川 愛

■篠 稲穂
[ひそやかな激情] CUT／穂波ゆきね
[草食動物の憂鬱] CUT／宗真仁子
[禁欲的《ストイック》な僕の事情] CUT／桃季さえ
[熱視線] CUT／夏乃あゆみ

■菅野 彰
[毎日晴天！]
[子供は止まらない 毎日晴天！2]

[子供の言い分 毎日晴天！3]
[いそがないで。 毎日晴天！4]
[花屋の二階で 毎日晴天！5]
[子供たちの長い夜 毎日晴天！6]
[僕らがもう大人だとしても 毎日晴天！7]
[花屋の店先で 毎日晴天！8] CUT／二宮悦巳

[野蛮人との恋愛]
[ひとでなしとの恋愛 野蛮人との恋愛2] CUT／やしきゆかり

■春原いずみ
[風のコラージュ] CUT／やまかみ梨由
[緋色のフレイム] CUT／果桃なばこ
[とけない魔法] CUT／やまねあやの
[チェックメイトから始めよう] CUT／椎名咲月

■染井吉乃
[嘘つきの恋]
[蜜月の条件 嘘つきの恋2]
[誘惑のおまじない 嘘つきの恋3] CUT／宗真仁子
[サギヌマ薬局で…] CUT／よしながふみ
[blue ～海より蒼い～] CUT／夢花 李
[トライアングル・ゲーム] CUT／嶋田尚未
[足長おじさんの手紙] CUT／南かずか

■篁釉以子
[ヴァージン・ビート] CUT／かすみ涼和
[ヴァニシング・フォーカス] CUT／楠本こすり

キャラ文庫既刊

「カクテルは甘く危険な香り」 CUT／雁川せゆ
「バックステージ・トラップ」 CUT／松本テマリ

■月村 奎
「そして恋がはじまる」 CUT／夢花 李
「アプローチ」 CUT／夏乃あゆみ

■徳田央生
「会議は踊る！」 CUT／ほたか乱

■灰原桐生
「僕はツイてない。」 CUT／史堂 櫂

■火崎 勇
「ウォータークラウン」 CUT／不破慎理
「EASYな微熱」 CUT／金ひかる
「永い言葉」 CUT／石田育絵
「恋愛発展途上」 CUT／蓮川 愛
「三度目のキス」 CUT／高久尚子
「ムーン・ガーデン」 CUT／須賀邦彦
「グッドラックはいらない！」 CUT／果桃なばこ
「マイフェア・ブライド」 CUT／雁川せゆ
「お手をどうぞ」 CUT／松本テマリ

■ふゆの仁子
「メリーメイカーズ」 CUT／楠本こすり
「飛沫の鼓動《リズム》」
「飛沫の輪舞《ロンド》」 飛沫の鼓動2
「飛沫の円舞《ワルツ》」 飛沫の鼓動3 CUT／不破慎理
「太陽が満ちるとき」 CUT／高久尚子
「年下の男」 CUT／北畠あけの
「Gのエクスタシー」 CUT／やまねあやの
「ボディスペシャルNO.1」 CUT／やしきゆかり
「恋愛戦略の定義」 CUT／雪舟 薫
「フラワー・ステップ」 CUT／夏乃あゆみ
「ソムリエのくちづけ」 CUT／北畠あけ乃

■穂宮みのり
「無敵の三原則」 CUT／宗真仁子

■松岡なつき
「声にならないカデンツァ」 CUT／ビリー高橋
「ブラックタイで革命を」
「ドレスシャツの野蛮人」 ブラックタイで革命を2 CUT／緋色れーいち
「センターコート」 全3巻 CUT／須賀邦彦
「旅行鞄をしまえる日」 CUT／史堂 櫂
「GO WEST!」 CUT／ほたか乱
「NOと言えなくて」 CUT／果桃なばこ
「WILD WIND」 CUT／雪舟 薫
「FLESH & BLOOD①～③」 CUT／雪舟 薫

■真船るのあ
「オープン・セサミ」
「楽園にとどくまで」 オープン・セサミ2
「やすらぎのマーメイド」 オープン・セサミ3 CUT／蓮川 愛
「思わせぶりな暴君」 CUT／果桃なばこ
「恋と節約のススメ」 CUT／橘 皆無

■水無月さらら
「素直でなんかいられない」 CUT／かすみ涼和
「無敵のベビーフェイス」
「ファジーな人魚姫 私立海宝学園シリーズ2」
「真珠姫ご乱心！ 私立海宝学園シリーズ3」 CUT／吹山りこ
「お気に召すまで」 CUT／北畠あけの
「永遠の7days」 CUT／真生るいす

■望月広海
「あなたを知りたくて」 CUT／藤崎一也
「君をつつむ光」 CUT／ビリー高橋
「気まぐれ猫の攻略法」 CUT／宗真仁子

■桃さくら
「砂漠に落ちた一粒の砂」
「いつか砂漠に連れてって」 砂漠に落ちた一粒の砂2 CUT／吹山りこ
「ロマンチック・ダンディー」 CUT／ほたか乱
「南の島で恋をして」 CUT／桃季さえ
「億万長者のユーウツ」 CUT／えとう綺羅
「だから社内恋愛！」 CUT／神崎貴至
「占いましょう」 CUT／唯月 一

■吉原理恵子
「二重螺旋」
「愛情鎖縛」 二重螺旋2 CUT／円陣闇丸

〈2002年6月27日現在〉